AF607579

# LAGARTO REY

Gnomon es una colección de Ediciones Doce Calles
dedicada a textos literarios

EDICIONES DOCE CALLES
Apdo. 270 Aranjuez 28300 (Madrid)
Tel.: (+34) 91 892 2234
www. docecalles.com
docecalles@docecalles.com



ISBN: 978-84-9744-490-3

Depósito legal: M-26515-2024

Impreso en España. *Printed in Spain*

*Javier Medina Bernal*

# LAGARTO REY

# ÍNDICE

# Prólogo

## Javier Medina Bernal y Lagarto Rey: el reptil borracho en el ojo del escritor

En *Lagarto Rey* aparecen algunos de esos procedimientos narrativos innovadores que se asientan en una agresividad verbal inusitada y que han proliferado en la literatura hispanoamericana de los últimos años, en concreto aquella que puede definirse como literatura de frontera o más concretamente transfronteriza.

En el interior de la narración se substancia esta carga transfronteriza y transcultural con una mezcla de personajes y discursos panameños, argentinos, mexicanos e, incluso checos, todos sumidos en el torrente de la poderosa arenga de la voz protagonista. Porque digámoslo sin perder ya más tiempo, la voz protagonista, esa primera persona que subyuga y arrebata por su violencia y delicadeza, es el gran acierto maestro narrativo de Javier Medina Bernal. Esa voz es su novela *Lagarto Rey.*

Esa voz que no puede callarse, la voz de un borracho que en la primera línea de la novela ya se confiesa con el gozo de la embriaguez que tal vez solo experimentó así aquel Santo Bebedor de Joseph Roth:

«¡Ja! Soy alcohólico. Sí. La reputa de alcohólico. ¿Y qué?».

Desde aquí, esa voz está capacitada para desgranar el tipo de discurso que desee. A veces lo impregna con un toque de lirismo al estilo de aquel otro literato-Tourette enfermo de palabras y que con sus versos construía discursos, Nicanor Parra; en otras ocasiones es una voz dura y certera que con nitidez se fija en lo turbio del mundo que nos rodea. Esta voz es un recurso fundamental de lo que podríamos denominar el realismo sucio, un género muy en boga en estos tiempos, no solo en la literatura hispanoamericana.

La mayoría de los críticos suelen situar el nacimiento del realismo sucio como género literario a caballo de los años 1970 y 1980, pero en opinión de uno de sus máximos exponentes, Charles Bukowski, y también en la mía propia, el abanico temporal es mucho más amplio y será John Fante el iniciador de esta corriente (así designado por el propio Bukowski en el prólogo que escribe a la novela de Fante, *Pregúntale al polvo*), aunque para la crítica uno de los claros antecesores sea J. D. Salinger, con un realismo sucio tal vez encontrado en sus cuentos, pero que en absoluto creo que aparezca en sus novelas.

Las características del realismo sucio son minimalismo, parquedad en la expresión, concisión. Es lo contextual y no lo formal lo que aplasta al lector, lo que impacta sobre nosotros a la hora de llevar a cabo la lectura. Como ejemplos definitorios de la corriente se podrían citar la ya mencionada *Pregúntale al polvo* (1939) y *Camino de los Ángeles* (1933) —aunque escrita en 1933, sólo se publicó póstumamente en 1985, y su éxito inició una recuperación de la obra del autor— ambas de John Fante, y *Cartero* (1971) de Bukowski.

Considerado como gran maestro del realismo sucio, también aparece el cuentista Raymond Carver, aunque se debe tomar con prudencia su trabajo y su producción a la vista de las reveladoras confesiones de su editor Gordon Lish (parece que su tarea alcanzaba mucho más allá que la de ser mero editor, actuando casi de coautor y retocando muchísimo, hasta la reescritura, algunos de los textos de Carver) y quizás cierta fase de Hemingway.

Otros autores que, siempre según la crítica, caben en esta definición de realismo sucio, son el norteamericano Chuck Palahniuk, fundamentalmente con su éxito *Club de lucha* (1996), y ya en el ámbito de lo hispánico el poeta Roger Wolfe —aunque nacido en Inglaterra, se ha criado en Alicante, y su poesía y producción literaria ha sido en español—, el también poeta, el vasco Karmelo C. Iribarren, el novelista cubano Pedro Juan Gutiérrez con su *Trilogía sucia de La Habana* (1999), una tendencia de gran arraigo en Cuba, asentada en la pulsión sexual, como una vía sexual de escape a la dictadura, mientras que en Costa Rica, el realismo sucio es manejado por el novelista y cuentista Faustino Desinach, pero como una manera de denunciar y poner de relieve una realidad enferma y empobrecida: la denuncia de los más desfavorecidos y marginales. Con ello se nos presenta un doble aspecto de la corriente según el país en el cual se inscriba: sexo liberador de la realidad o denuncia escatológica de esa misma realidad, pero una realidad, en ambos casos, insoportable.

Todas estas referencias literarias aparecen en la novela, desde el Chinaski *bukowskiano* hasta Jaime Sabines, que pueden encontrarse junto a Cabrera Infante o Rulfo. También están presente las referencias musicales, desde el mismo *Lagarto Rey* que hace referencia al venerado Jim Morrison de The Doors, pasando por Silvio Rodríguez o Jeff Buckley, hasta Pablo Milanés, porque el protagonista es un cantautor perdedor, de abultada panza cervecera, acusado de plagio incluso por el artista español Depedro, y que al final no consigue colocar sus canciones para que las cante Paulina Rubio —una delirante posibilidad que ofrece la novela— ni para que las cante nadie.

Así que lo cierto es que la realidad también es insoportable para el narrador-protagonista de la novela de Javier Median Bernal. De ahí su inmersión en la bebida y esa apreciación deforme de lo que le rodea. Por todo ello, en *Lagarto Rey* se exploran también fenómenos de marginación urbana, ligados a la locura, al desequilibrio producto del alcohol, y la represión social, psíquica y sexual.

Esta es una tendencia habitual de la variación hispanoamericana del género, que incorporará en su discurso áreas de la vida social censuradas en el discurso literario tradicional (el ámbito del sexo, de lo indecente, el mundo de la prostitución o el alcoholismo, lo que no se dice ni se escribe públicamente) junto a la apropiación de los nuevos discursos urbanos de los marginados.

De esta manera, se consigue una ruptura del equilibrio del discurso, que así se vincula con posiciones postmodernas, y plantea desde una posición distanciada y transgresora la reivindicación de las culturas marginales y de la contracultura, así como la revisión crítica de los mitos y construcciones ideológicas. Todo ello con expresiones repletas de coloquialismos que proporcionan gran inmediatez y complicidad con el lector. Veamos este párrafo de *Lagarto Rey*:

> «Ya vuelvo.
> Ya volví.
> Buscaba otra cerveza».

Gran parte de la producción narrativa de este realismo sucio se construirá como una reacción crítica a los procesos de desintegración social, descomposición moral y corrupción generalizada que se darán en los países de Hispanoamérica a partir de 1980. Diversos aspectos, como las estrategias revolucionarias o las contrarrevolucionarias, la venta o la entrega del país a la corrupción y a la hipocresía política, el lavado de dinero y el narcotráfico, la marginación cultural y social, la destrucción ecológica, serán tratados en los textos: la deformación carnavalesca, lo paródico, las metamorfosis y desdoblamientos, el humor grotesco y el esperpento, todo ello empleado para ofrecer la imagen de un mundo dislocado, mundo en deterioro y descomposición, en donde las fantasías o las apariencias se contraponen a un mundo deforme, clandestino o marginal, regido por la exclusión, la represión y la violencia, el trastrueque de identidades y la enajenación. Elementos, todos ellos, muy de actualidad en la narrativa de Javier Medina Bernal y en su peculiar visión de Panamá.

En efecto, todo el libro de *Lagarto Rey* está atravesado por ese lenguaje popular, sencillo, que narra las historias de la gente común, también de quienes se mueven en las zonas limítrofes de la sociedad.

Tan limítrofes que dan lugar a escenas delirantes, como el entierro del profesor Luigi. La obra cuenta, así, con la originalidad del mundo que refleja y en el cual se ubica la acción: un país de América Latina en donde las raíces indígenas permanecen bien presentes. Lo que de inmediato nos fusiona con cierto realismo mágico.

Esta afirmación puede sorprender en un principio, dada la mayoritaria tendencia de los cuentistas hispanoamericanos de finales de siglo XX y de principios de XXI a desmarcarse del realismo mágico, al que reconocen y tributan su agradecimiento, sin renegar de él, pero con el que no quieren identificarse.

En Javier Medina Bernal no parece existir ese problema: crea así, en su texto, una curiosa oposición de realismo sucio frente a realismo mágico cuyo resultado es el de una ciudad como Panamá que muy bien podríamos definir como *ciudad sucia*, al igual que las apariciones de México D. F., sumándose así a otras *ciudades sucias* del tipo de La Habana, San José o Río de Janeiro, por ejemplo, y en el ámbito externo de lo latinoamericano, San Francisco, Nueva York, Ámsterdam.

El discurso del protagonista de Javier Medina Bernal es un discurso que a menudo califica como *juanrulfiano*, y no es en vano, dado que gran parte de la novela la pasa charlando con fantasmas: su abuela, su prima lola, su editora de prensa, el profesor Luigi. Y ya sabemos que, gracias a Rulfo y a esos fantasmas de *Pedro Páramo*, podemos beber en las raíces del realismo mágico.

Quizás, este híbrido literario que aúna realismo sucio y realismo mágico pueda dar como producto, también, la tendencia apuntada por algunos críticos, la llamada Gótico Tropical. En principio, parecer ser una corriente literaria originaria de Costa Rica. Para el crítico y escritor Juan Murillo, se trata de:

> «una parafernalia gótica —una puesta en escena gótica (con referentes a la locura, los cementerios, los fantasmas, el espiritismo, la brujería...), etc., cohabita con un naturalismo descriptivo de escasez de recursos, apenas descriptivo y que utiliza problemas escabrosos y de miserias sociales en la ciudad de San José como ambientación para el desarrollo de las historias».

Un vistazo rápido y desnudo demuestra que este realismo sucio minimalista lo que hace es denunciar y tomar posición frente a lacras y dramas, frente a parte de esa tradicional cultura de la violencia que se ha expandido por Latinoamérica como un maremoto originado en la novela de la violencia colombiana (con profusión de sicarios y asesinatos), pero producto no sólo de una moda sino de una realidad: los países más desarrollados de la Latinoamérica actual hace mucho tiempo que dejaron de ser las *Suizas de Centroamérica* para convertirse en países corruptos y peligrosos. La voz narradora de *Lagarto Rey* bien lo sabe:

> «en esta Latinoamérica de buitres y hienas es importante saber inglés —el idioma del enemigo— para poder humillar a los que no saben».

En efecto, este es un lenguaje directo, rápido como un disparo o un puñetazo, que te derrota por nocaut, que aturde al lector, un lector sobrepasado, muchas veces, por la verdadera dimensión de las situaciones disparatadas narradas en torrentera y que, gracias a eso, a esa ausencia de lo que sería el regodearse o el entretenerse en lo profundamente truculento, el texto no cae en el tremendismo sencillo y resulta enormemente eficaz. Porque el panzón protagonista lo tiene clarísimo:

> «Bebo para escapar (ni siquiera para olvidar), no para hacer amigos ni ser leyenda».

Es *Lagarto Rey* una disección de la realidad de Hispanoamérica mediante la simpleza de una exposición verbal de acusada oralidad, con el gozo del abrazo del amigo de taberna y la espuma de las cervezas: tan fácil y tan directa como los resortes de la locura, la borrachera y la muerte. Y es en esta sencillez en donde el vozarrón etílico de su protagonista consigue un eco amplificado tan divertido como profundamente literario.

—José Carlos Rodrigo Breto.

# I

¡Ja! Soy alcohólico. Sí. La reputa de alcohólico. ¿Y qué?

También era columnista de un periódico y componía canciones para cantantes de música popular. Era un ángel —demonio— polifacético (aunque ni tanto) —demonio no: daimón, daimón—. Pero eso no importa. Lo importante, lo primordial y chingón, como dicen mis amigos los mexicanos hijos de la chingada, es que me gusta el aguardiente, el guaro; la cerveza, para ser específicos. La cerveza y las mujeres. Ay, las mujeres. Puta madre, las mujeres. Amigos, sépanlo: a las mujeres, en realidad (créanme, se los ruego), les gusta la panza cervecera. Más adelante ahondaré en esto. Sigo: soy un cabrón bebedor profesional. Si hicieran un Mundial de Bebedores yo ganaría el primer lugar. Lo llevo en la sangre. Mi padre era bebedor consumado, consumido y desaparecido. Nunca bebí con él. Alguna vez prometí que nunca bebería. Recuerdo bien cuándo y dónde lo prometí. Íbamos pa la playa en un camioncito de tercera destartalado y hecho mierda que mi abuela había logrado comprarse después de toda una vida de trabajo y penurias, ya cuando mi padre había desaparecido para siempre tras del incidente de la pizza (ya les contaré). En el vagón estábamos los únicos parientes de parte de padre que conocía: mi primo José y Lola (ay, Lola, mi prima Lola, me enseñó muchas cosas Lola; ya murió Lola); y le dije a José: «Nunca voy a beber ni a fumar». Y José, mayor que yo por tres o cuatro años, se rio. Se rio mucho. Y yo me enojé y Lola me defendió. Luego en la playa, bajo las olas, me agarró de la mano y me hizo que la tocara entre las piernas. Recuerdo que me dio mucha vergüenza (pero a la vez me gustó) sentirle los pelitos. Yo aún no tenía. En fin. Lola ya murió. Hace poco. No lloré. Me fui a beber. Tenía tres meses intentando no beber y su muerte fue la excusa perfecta para volver al vidrio, a la fiesta, a la parranda. A José no le he hablado más que para lo necesario desde ese día de la playa. No le hablo porque, como ya verán, José tuvo razón en burlarse. En fin, ni hablar de José, que lo detesto por aquello del blanco-muerte y la sangre. No merece ser mencionado. Para empezar, es doctor, y mal doctor, tan malo que está estudiando leyes para defenderse de las demandas que le ponen al muy asesino. En fin... Un trago primero: hmmm, ja. Rico. Listo. Sigo. Como les decía, amigos, soy compositor y de eso vivo. Es una vergüenza, la verdad, pero, vamos, que tampoco es tan basura. En realidad, sí. Escribo cosas como esta: «Te extraño tanto mi amor / que mi corazón sangra sin remedio / por favor, vuelve a mis brazos / te quiero a mi lado». Etcétera. Pongo esas palabras en un papel, escojo unos acordes (do, fa, sol, la menor) y ¡pao!, envío a un par de cantantes que conocí en buenas borracheras y, next thing you know, éxito radial. (Hablo inglés, como ven; pues en esta Latinoamérica de buitres y hienas es importante saber inglés —el idioma del enemigo— para poder humillar a los que no lo saben. Hablo inglés gracias a José, qué vaina). Dato: solo escribo para cantantes femeninas. Son las que más dinero dan. Trato, a como dé lugar (créanme), de no cogérmelas. Pero es duro. Sigo intentándolo, porque con cogérmelas corro el riesgo de enredar las cosas. Ya me ha pasado. A una le compuse varios éxitos radiales y todo iba bien hasta que una noche esto y lo otro y la canción y la letra y el romance y ¡zas!, cagada, muy sabroso todo, pero luego los celos y no bebas ya y vente a vivir conmigo y ya no andes con otras mujeres. A lo mejor todo lo anterior no es más que mi imaginación, porque yo no les intereso a las cantantes y ellas la verdad tampoco me interesan a mí; a mí solo me importan mis tragos (mi guaro) y mis muertos (mi Lola muerta, mi Esmeralda muerta, mi abuela muerta y, ya para no dejar, hasta mi profe Luigi muerto). Pero, solo por joder, imaginemos que es cierto lo de las cantantes y tal y tal. Así que, como decía, los celos y que no bebas ya y que vente a vivir conmigo y que ya no andes con otras mujeres. Y pues así pos no. Te presento a mi primo José, si quieres. Es doctor y, a pesar de que la tiene chiquita y es mal polvo, tiene mucha plata y es un tipo de casa, y no bebe, ¿te apetece? ¡Ja!

Cuando el cantinero me traía la botella de cerveza, yo me ponía en la mesa como si fuera a recibir a un toro bravo: era el banderillero, y pa'l lomo de la botella iban las banderillas; el toro (la botella) venía a embestirme, yo fruncía el ceño, me levantaba, separaba las piernas, apretaba el abdomen, me preparaba para recibir la posible cornada; pero siempre triunfaba (perdía) y la botella (el toro) quedaba puyada y me la llevaba a la boca triunfante. Ahora hago lo mismo, solo que solito en mi casa. Porque allí en la cantina mi prima Lola y el maricón de José me llegaban a la memoria. Sí, allí, en la cantina, me visitaban la imagen de Lola y la voz acusadora y burlona de José. Pero nada, no pierdo el tiempo. A lo que voy, que pa luego es tarde, carnales (como diría mi amigo Foncho, el Mexican, el enjuto, que no sirvió más que para hacerme reír un poco en México, recomendarme una buena pistola antigua y posteriormente para darle un poquito de felicidad a la gorda poetisa de este pueblo cuando vino a visitar). A lo que voy. A lo que voy. ¿A qué es a lo que voy? Mmm, esperen, ya vuelvo. Me duele mi prima, carajo. En fin.

Ya vuelvo.

Ya volví.

Buscaba otra cerveza.

Ya recuerdo. Sí. Soy además de chupaguaro y devoramujeres (exagero, por supuesto)... Ay, las mujeres. Pero mi prima, mi prima. Me duele. Cuando llueve, en la noche, la recuerdo mucho.

Lola. Lola.

¡Bueno, ya está bueno!

Les quiero contar cómo fue que finalmente alcancé la fama como compositor. Básicamente fue porque, a pesar de llevar la estrella negra de las cantinas en la frente (la muerte en la frente), soy un cochino lechudo.

Con un dinerito que tenía ahorrado decidí irme de viaje y el país elegido fue México, pues siempre tuve afinidad con esa cultura, ya que (creo) alguno de mis ancestros fue mexicano y, bueno, además: la música y la pintura y las cholitas; que me vuelven loco estas últimas. No perdí tiempo. Llegué al Distrito Federal (ciudad de veinticinco, treinta, dieciocho o quince millones de habitantes —nadie se pone de acuerdo—), salí del aeropuerto y me fui a comer tacos cerca de donde estaba el hotel en el que había reservado una habitación para una semana; creo que el hotel estaba en Río Churubusco (claro que no había ningún río, todo era asfalto y carros de aquí para allá). En el puesto de tacos callejero terminé sentándome al lado de una chilanga medio simpática que tenía cara de aburrida. Se le había pinchado una llanta del carro y en buena onda —después de dudarlo un poco, tal vez— se puso a comer tacos en la esquina, y en esa puta (chingona) esquina estaba yo. Bueno pues, que me puse a conversar con ella, y que la susodicha quedó flechada por este mero mero centroamericano de ojos miel, alto, rubio (güero) y panzón, y que, por suerte para mí, la chilanga también tenía un gustillo por la bebida; y que después de unos buenos tacos de alambre y unas chelas, le ayudé a cambiar la llanta, y ella que insiste en que yo hablo rechistoso, que mi acento caribeño y tropical y tal y cual y que la acompañe a su apartamento y que llegamos a su apartamento y que es enorme y está en una colonia de esas fresas (ye-yes) y que una vez arriba sale una guitarra de algún rincón y me dice: «Canta», «Yo no sé cantar», le digo, «Pero si me dijiste en el puesto de tacos que componías canciones», y que entonces canto y ella toda emocionada y que mis canciones son lo máximo y yo que pienso que está borracha (en el puesto callejero nos habíamos tomado siete chelas a lo rápido rápido) y que luego la chilanga me aparta la guitarra y quedamos en cuera sobre el sillón de la sala en menos de treinta segundos y que justo en ese momento suena un clic en la cerradura de la puerta y entra un señor canoso, viejo, pero altísimo y robusto, y yo que pienso: «Ahora sí que la pelé, tenía que venir precisamente a México a pelar el bollo».

Y el señor que se aproxima al sillón y yo que trato de quitarme de encima a la chilanga que no se da por aludida y que no deja de lamerme el pecho y la panzota y que finalmente el señor la agarra por la cabellera y la aparta de mí y empieza a putearla es decir a mandarla pa'l carajo es decir a mandarla a la chingada y que después me entero de que el señor no es su marido sino su hermano mayor que ella por lo menos unos treinta años y que está a su cargo desde que los padres de ambos murieron de viejos al parecer mi amiguita la chilanga fue un último y extraviado polvo otoñal.

En este punto desacelero para decir que, una vez que el señor hubo dejado que nos vistiéramos y después de haber usado la expresión «Pinche miserable que recogiste de la calle» para referirse a mi persona y luego de que finalmente se calmaran los ánimos, la chilanga le dijo: «Escucha sus canciones y ya deja de gritar». Yo canté, él escuchó. La chilanga sonreía. «Nada mal», dijo él. Luego me enteré de que el señor era una persona muy influyente en la industria musical mexicana. Me dijo: «Tus canciones son apropiadas para hacer dinero». Eso dijo exactamente. No dijo: «Tus canciones son buenas», o «Tus canciones son profundas»; sino «Apropiadas para hacer dinero». Y ya estuvo. Y eso fue todo. Gracias en parte a mi talento para componer canciones populares y en (gran) parte gracias a que la chilanga estaba obsesionada (encaprichada) conmigo y su hermano sabía que nada podría hacer para quitarle dicha obsesión (capricho), a los pocos días recibí una llamada en el hotel al pie de Río Churubusco en donde habíamos decidido quedarnos la chilanga y yo («Aquí en mi apartamento ni lo sueñes», había dicho el señor de influencia en la industria musical mexicana), y que me habla una joven para decirme que de no sé qué compañía editora solicitan tres de mis mejores canciones y que tengo que ir a firmar un contrato y que además tienen un adelanto para mí. Al colgar la llamada, la chilanga me mira con cara de traviesa y se cuelga de mi cuello y empieza a lamerme el pecho y la panzota. Lo demás es historia y regalías muy jugosas. Paulina Rubio fue la primerita que cantó alguna de mis pendejas letras. Pero, no sé, en los labios de la rubia de oro, pues, no sé, sonaban sólido, sonaban chido, pues. No sé.

Tuve una amiga que era una hermosa sureña del sur sur, del resur sur. No era de la Tierra del Fuego, pero ella misma era fuego. Estaba casada, pero no era feliz con el esposo, porque su esposo era frío, no la atendía, era mal polvo, qué se yo. ¿Eso viene a cuento? No lo sé. No me interesa, porque, al fin y al cabo, ¿cuál es el cuento? Vale. Entonces, esa amiga hermosa (no recuerdo a estas horas si argentina o uruguaya, porque es tarde y además estoy hasta la mergolleta en guaro); esa hermosa amiga, decía, una vez me dijo que mis canciones eran buenas. Y eso, en vez de halagarme, me dolió, porque yo sabía que, de estar viva, Lola me diría que mis canciones eran una mierda y que esa mujer era una mierda por no saberlo. Me diría, con sus ojos oscurísimos (oscurísimos y tan luz como la tarde de olas y sal en que acaricié su entrepierna y sentí su olor a charco grande y selva y recibí sus pelos como picadura de cangrejo rojizo y crujiente): «Primo, deja de estar escribiendo mariconadas, respétate un poco, ¿no?». «Tienes razón, prima Lola —le diría yo—, ya me dejaré de escribir ahuevazones, lo prometo». «No, no lo harás —me respondería ella, con su voz crueldad, su voz ternura, autoritaria y fuerza y arrumaco—, ¿sabes por qué no lo harás, borracho de mierda?». «¿Por qué, a ver?», le preguntaría yo cabizbajo, miserable y grasiento y lento y sin aliento. «Porque sabes que cuanto más estúpida la letra, más plata». «Y más mujeres», remataría yo. «Sí, más mujeres, miserable dipsómano, pero ninguna como yo, lo sabes, primo bello». Y entonces yo me hundiría en sus hondos ojos y le diría, no sin compasión y afecto: «Prima, ya deja de hablar, estás muerta, muertita, Lola; quisiera que no, que no, que no, que no. Pero estás muerta. Tú ni una canción mía pudiste conocer. Ni una». Y ella me regresaría la mirada, pasaría sus manos por mis mejillas y remataría, diabla y dulce y lejana y tan allí como un golpe de espuma: «Pero mi cangrejo seguirá vivo en ti para siempre, para siempre mi cangrejo en toda la extensión de tus dedos y la palma de tu mano; cuando poses esa mano sobre el diapasón de la guitarra y busques melodías y palabras, piensa en aquella mordida y ya verás cómo la música, cómo la poesía y el ritmo...». Y luego se esfumaría, ¡puf!, como nube negra. Y a la mierda la uruguaya o argentina. A la mierda todas, en realidad: la chilanga, la checa (¿hay una checa?), todas.

Lola. Mi prima Lola. Cangrejo. Nube negra.

Nunca bebí con mi padre.

Mi padre era arquitecto. Según el profe Luigi Moreno, era muy talentoso para el diseño (todo un artista), muy talentoso, también, para regalar la plata, para tirársela al culo, pues.

Sigo.

Mi padre era una pesadilla de levadura.

Mi padre desapareció de las cantinas.

Despareció del pueblo. Desapareció del país.

Del continente. Del planeta. Del universo.

¿Despareció de mi mente?

Nunca bebí con mi padre.

De haber tenido la oportunidad, me hubiese parecido —ingenuo yo— algo bajo e incorrecto, en contra de mis principios; qué principios, no lo sé, ni puta idea, pero los principios. (Deberíamos hablar de los fines, nosotros, porque, al fin y al cabo, siempre, pero es que siempre, los fines —no los principios— justifican los medios). Ahora me arrepiento de no haber tenido la oportunidad de tomar con mi padre. Pero me gozo en el arrepentimiento. No exagero cuando digo que cada trago que me bebo me lo bebo pensando en él, pensando en cada célula de su hígado podrido (sí, exagero; pienso más en mis mujeres muertas).

Pero dejando a mi padre y su hígado atrás, cambiando el tema (para no llorar, tal vez), nunca me gustó beber en una sola cantina por más de tres días seguidos. Me gustaba irme saltando de cantina en cantina, o de *bar hopping*, que así, en inglés, la borrachera es de más caché (uf, el profe Luigi Moreno me detestaría por esto). No me gustaba, porque, como ya saben, intentaba, en la medida de lo posible, hacer las cosas de manera diferente a mi padre, y mi padre (me lo contó el profe Luigi) tenía la cagona costumbre de prácticamente secuestrar una cantina y chupar en ella durante semanas o incluso meses, y luego, ya cuando se cabreaba, solo cuando ya había conocido a la fauna de borrachos entera, cuando ya había escuchado todas las canciones del traganíquel, cuando ya le había hecho todos los trucos de cartas, palillos y platillos a la audiencia etílica y estúpida y de paso le había compartido el secreto de cómo ejecutar las pruebas mágicas, se iba y repetía el patrón en otro tugurio. En fin, a lo mejor su *bar hopping* era simplemente más lento y pausado que el mío. La vaina es que yo no hago trucos ni nada de esa mierda. La gente me habla y me felicita por mis canciones y digo gracias y a lo sumo les doy abrazos a los homosexuales entusiastas y luego, dos o tres madrugadas después, me desaparezco y que todos se vayan a la verga. Bebo para escapar (ni siquiera para olvidar), no para hacer amigos ni para convertirme en leyenda.

Pero, bueno, carajo, nuca bebí con mi padre.

Ahora me arrepiento, pero me gozo en el arrepentimiento.

Escribía columnitas culturales en el periódico.

¿Por qué escribía en el periódico si ganaba tanta plata componiendo canciones para artistas pop? Porque me gustaba darme tufos de literato, como dice el gran Sabines en el poema aquel.

Tal vez, para balancear un poco la cosa, por aquello de la mierda de canciones que componía, me gustaba escribir primordialmente sobre mis lecturas, escritores que amaba (Hemingway, Cabrera Infante, Rulfo; alguno que otro escritor panameño, por no dejar) y que detestaba (Coelho, Dan Brown); músicos y bandas que escuchaba (The Doors, Silvio Rodríguez, Jeff Buckley, Pablo Milanés) y adefesios musicales que odiaba (Arjona, por encima de todos).

Por supuesto, nadie leía mis columnas, salvo Esmeralda, que era mi editora.

Recuerdo que a veces, en vez de ponerme a leer mi propia columna una vez ya publicada, leía la sección de crónica roja. Al parecer, era tan adicto a la sangre como al alcohol (es una exageración; nada le ganaba al alcohol en su presentación cerveza). Cadáveres en descomposición en la primera plana. Yummy. «La necesidad de ver sangre se la suplimos a la gente, no la inventamos. Le satisfacemos el morbo a los lectores, no creamos el morbo», me dijo una vez Esmeralda. Y yo, más o menos, estaba de acuerdo. Pero Lola, mi prima Lola: si le hubieran tomado una foto a Lola en sus últimos momentos... ¡No, eso sí que no, me lleva la gran puta!, ¡mi Lola en la primera plana, no! ¿Los sesos de José desparramados por el piso de la sala, en la pared, en los sillones, en la mesa del comedor? ¡Eso sí, eso sí que sí!, si tan solo José tuviera suficientes sesos como para tal escena tarantinesca; pero ya se sabe.

Momento. Otra cerveza fría. ¡Aaajjj!

Gracias a la cervecita tocará decir la verdad, y la verdad siempre, en este caso (como en muchos otros) tiene que ver con una mujer: Esmeralda, mi editora.

Esmeralda: piedra preciosa e hija de su madre.

(La argentina o uruguaya, la checa —¿hay una checa? Sí, hay una checa—, la chola mexicana: todas hijas de sus madres. Pero todas sin su padre, llenas de soledad pa tirá pa'l aire; como yo).

Esmeralda, mi editora. Paisana. Dizque me odiaba, dizque me amaba. En un *push* (es decir, en una «Pensión: pocilga para coger fortuita y secretamente») acabamos después de la primera discusión que tuvimos acerca de una de mis columnitas (yo no podía llevarla a la casa porque mi abuela todavía estaba vivita y coleando para ese entonces y además a Esmeralda la prendía lo del *push*).

Y en el *push*: gritos, gemidos y «Métemelo hasta el fondo» y «Por qué carajo no te dedicas a escribir canciones y ya Qué necesidad tienes de Métemelo rico cabrón ay Qué rico Qué necesidad tienes de escribir columnas y siempre Mámamela allí allí más arribita ¿Te lavaste bien esa boca? Siempre entregas tan tarde las cochinas columnas que además tengo que corregirte de cabo a rabo Ay así por el culito sí jueputa te odio te amo me das asco Tus canciones son una mierda».

Debo decir que Esmeralda tocaba el ukelele. Muy mal. Pero lo tocaba.

El profesor Luigi Moreno me contó que una vez —cuando aún era joven y no estaba tan gordo—, faltando a sus austeras costumbres, decidió salir de su estudio una tarde de llovizna necia e irse a comprar una cerveza en la cantina del pueblo. Allí se sentó, como ya lo había planeado, en una mesa apartada del estruendo que causaba un grupo de borrachos ubicado en el centro de la cantina, apartada del estruendo de la tele, apartada del estruendo del traganíquel y del estruendo de las almas (eso del estruendo de las almas él no me lo dijo; pero seguro estoy de que lo pensó, el profe; además, queda bonito, como de narrador omnisciente poético y por lo tanto musical, rítmico y rantantán. ¡Ay, la poesía —no el alcohol— será mi ruina!). Ya pues, que llegó el profe a la cantina pensando que su aparición allí causaría, por su propia parte, un estruendo, pero por fortuna (aunque su ego quedó quebrado) nadie le paró bola. El cantinero le puso la cerveza enfrente casi sin mirarlo. El profe superó el dolorcito del ego hecho añicos y pronto se sintió aliviado y seguro. Pensó en sus padres Frazer y Marvin Harris y se concentró en disfrutar la que ya se había propuesto fuera la primera y última cerveza de la tarde de llovizna necia. Pero pronto cambió de planes (aunque terminó tomándose solo tres cervezas, no fuera a ser que...). Pese a la distancia que había interpuesto entre su mesa y aquella en donde estaba el grupo de borrachos, pudo distinguir al líder de la cuasi turba. Era el líder de la manada claramente aquel que hacía trucos de cartas, pruebas de agilidad mental y adivinanzas matemáticas. El profe Moreno se acercó a la tribu y pidió permiso para sentarse. Se sorprendió mucho cuando le dijeron como si nada: «¡Cómo no, profe, siéntese, ombe!». «Me conocen, entonces», pensó, pero no se distrajo mucho en ese detalle y se puso a ver los trucos y pruebas que realizaba el líder. El profe trataba de adivinar algunas de las pruebas. A veces acertaba alguna, lo cual ya era bastante, pues hasta el momento no había habido nadie que adivinara una sola. El hombre que las realizaba era, pues, mi padre, y de esa manera fue que el profe Moreno lo conoció. Pareja más dispareja no podía haber, aunque lo de pareja es algo exagerado y romántico; pues, aparte de las veces que se lo encontró porque mi abuela lo había usado de mensajero, el profe y mi padre se habrán visto no más de cuatro o cinco veces en la vida. Lo primero que le dijo mi padre al profe Moreno un momentito en que dejó las cartas a un lado fue: «¿Sabes qué es un arquitecto?, esta sí que no la adivinas». «Es usted el dueño de la verdad, amigo —contestó el profe—, no la adivinaré; a ver, ilústreme». «Un arquitecto, mi queridísimo profesor, es una persona que no fue lo suficientemente hombre para estudiar Ingeniería Civil ni lo bastante maricón para estudiar Diseño de Interiores». El profesor quiso responder con una broma sobre antropólogos e historiadores, pero no se le ocurrió ninguna. Eso le causó una tristeza que pronto apaciguó pensando en las tribus del Polinesio. En fin, así fue que se conocieron el profe Luigi Moreno y mi padre. Vaya pareja (de nuevo la palabrita desproporcionada). Una vez me atreví a preguntarle al profe si habían follado y el profe me miró de una manera extraña. Es decir, por momentos pensé que me decía que sí y luego que me decía (con sus ojos cuyo color no recuerdo ni es importante) que cómo se me ocurría. He llegado a pensar que el profe en realidad nunca fue maricón, sino asexual. «Se lo voy a preguntar un día de estos, antes de que se muera. Ya está viejo el profe», pensé una vez. Pero se murió sin que llegara a preguntárselo. Ahora me arrepiento. (Tal vez si le preguntara a su fantasma...).

# II

Es de madrugada. Quiero que me reviente el hígado. Para ello, bebo. Mucho. Bebo mucho guaro. Bebo cerveza y trago pan con queso y aceite de oliva. Me crece la panza. Ya no coordino y me cuestan las palabras, aunque no su ritmo. Mi amigo el Foncho estaría orgulloso de mí. «El ritmo lo es todo, amigo —me diría—; solo sigue el ritmo». «El delirio del ritmo», serían sus palabras exactas, su ritmo exacto.

Tengo ganas de llamar a la uruguaya o argentina para que venga y me sobe la panza y me haga sentir Buda, que le pida su deseo a su Buda caribeño —sí, amigos, recuerden, a las mujeres les gusta la panza cervecera, les digo, de verdad, no les miento; no pierdan el tiempo con el gimnasio y las dietas—; pero a la argentina o uruguaya se le haría difícil escaparse del esposo, que ya se está sacando el dedo y sospecha. Mejor llamo a la checa —sí, hay una checa—, aunque esta debe de estar pintando o, si no, hipnotizada con los buitres, o pensando en los abuelos muertos en la guerra. A la chilanga no la puedo llamar, está muy lejos; atrás quedó en el D. F., llorando mi despedida a punta de mezcal y tequila.

Puta, estoy borracho. No era sobre estas mujeres sobre lo que quería hablarles.

El ritmo, sí, el ritmo. ¿De qué era, de qué hora, coño? Mmm... Bueno, ni modo. Lo olvidé.

Digamos que les quería hablar sobre el documental (muy lindo) que acabo de ver sobre Silvio Rodríguez. El Silvio dice, sin reparo y sin vergüenza, que a él nunca se le hubiera ocurrido cantar sus canciones, que él solo quería mostrarlas, que nunca pretendió ser cantante.

Mmm. Ya vengo. Ya no hay cerveza. Me disculpan... Ya. Listo. La nevera está llena de nuevo.

(En realidad, estaba meando. Es lo malo de la cerveza).

Digo, Silvio, ajá.

Bueno, que dice el Silvio (entiendo yo, pues) que reconoce que es un pésimo intérprete; y tiene toda la razón, lo es. (Buen tema para una columnilla). De Silvio rescato dos canciones: *Ojalá* y *Yo te doy una canción*, de ahí pa'lante, caballero, asere, váyase a dormir, que yo me voy a escuchar, de arriba abajo, a ese otro cantautor grande y cachetón cuyo nombre ahora se me escapa; a él lo escucharé aunque me cante *Los pollitos*, porque con ese vozarrón, qué carajo, compadre. Ay, cuánto daría yo porque cantara una de mis canciones. «Pero de seguro escupe si le presentas una de ellas», retumba la voz de Lola en mi cabeza. Y yo: «Cállate, prima, que tú estás muerta». «Muerto en vida estás tú y no te das ni cuenta», remata ella.

«Yo no puedo escuchar a "ese" —me dijo una vez el profe Liugi Moreno—, porque nunca salió del clóset ni ha sido capaz de defender los derechos de los homosexuales». «Pero, profe, usted tampoco ha salido del clóset oficialmente». «No te hagas, que aquí todo el mundo sabe que soy homosexual». «Y, además, profe, usted qué hace usando la palabra "clóset"». «Armario, pues, armario», dijo al borde de una embolia al tiempo que se tomaba su copa de vino tinto.

El profesor Luigi Moreno.

Ay, el profesor, marica hasta más no poder.

Primero me tomo un trago. Lo amerita. Ya vuelvo. Ya volví.

He dicho que al profe no le gustaban mis canciones. Decía que debía dejar de componer babosadas y que me dedicara a otra cosa, como a la pintura, por ejemplo, o a sembrar, como lo hizo mi abuela, que sembró plátanos y mangos y tamarindos; que allí, a lo mejor, llevaba «más o menos» oportunidad (el profe jamás habría empleado la palabra «chance»; era defensor apasionado del idioma, lo cual no quiere decir que no usara sus localismos; todo lo contrario: los usaba, y mucho, siempre y cuando estos no tuvieran nada que ver con extranjerismos —en especial «gringuismos», como él los llamaba—, sino que, más bien, fueran indigenismos o claros giros latinoamericanos, «Porque a esos de la madre patria hay que mostrarles que la lengua no sería la misma sin el valioso aporte de nuestro continente»). Por otro lado, las columnas aquellas sobre literatura y música y misceláneas que yo escribía para el periódico no le parecían tan malas. «Podrían ser mejores», decía. Bueno, que el profe detestaba que perdiera el tiempo en cosas que según él no valían la pena.

En fin, por el profe Luigi fue que conocí a la pintora checa.

Dudó mucho en presentármela, porque ya sabía cómo era yo; pero lo hizo, y al principio todo bien, pero ya después no, y el profe no me dirigió la palabra durante casi tres meses.

La noche que vi sus pinturas —hice lo posible para que aquel encuentro fuera de noche— me dijo, con su acento eslavo (¿los checos son eslavos?), que durante los primeros días unos buitres estuvieron posándose sobre el tragaluz de su cuarto, siempre al caer la tarde. Recién se había mudado y fue una semana entera de dormir bajo la mirada carroñera. «No tenía miedo —me dijo con una música que me es difícil transcribir (tal vez fue algo como: *Nu teñía mjeddo*)—, encendía la luz y pintaba a los buitres. Los buitres se fueron a los pocos días, ahora los extraño». Y después del cuento de los buitres, este buitre le cayó encima a la carne checa. Era alta, rubia, ojos azules, rostro de ensueño, hombros anchos, espalda de nadadora, muslos de gimnasta, caderona, culo duro, abdomen plano; sin embargo —lo digo sin la menor culpa—, al penetrarla, cerré los ojos y pensé en mi chilanga chaparra y borracha, mi mexicanita de piel cobriza, nalgas planas, piernas cortas y chuecas. «Nunca más te presento a alguien a quien no le cuelgue un pene entre las piernas», casi me gritó el profesor Moreno, faltando un poco a sus maneras decentes y tono recatado, a su voz dulce y a su estilo excelso. La checa, por el contrario: contenta y relajada, toda una europea indolente, viajera y libre. Nunca se enamoró. Nunca me enamoré. Hizo bien. Hice bien.

Como un enorme mamífero, sí, así dice Jim Morrison que se sentía cuando estaba panzón. Gordo. Como una enorme bestia, un tanque; harto en whisky y cerveza al final de su corta pero inflamable e inflamada vida; mi adorado Rey Lagarto (mi adorado Rey Sapo Obeso). Con qué fruición y dulzura de poeta destinado a morir joven dice el Morrison las palabras «emparedado», «puré de papas», «salchicha», «leche» y sepa Dios qué más en una entrevista que le hicieron y que quedó grabada para la posteridad. Un mozuelo barbudo de veintisiete años con la barriga de cerdo y la verga ya flácida, pero grande y abundante y feliz. Sobre todo, feliz. Les digo, compadritos míos, a las mujeres les gusta la panza, porque la panza es progreso, comida en la nevera, bonanza, descaro, poco-me-importa; la panza es las paces con la vida y la muerte, la panza es me vale madres, qué carajo, qué chucha, pa'lante, vente pa'cá, sóbame y pídeme un deseo. Eso es la panza: deseo. Panza, igual a deseo y genio. En mi tierra se dice: «Hombre de más de treinta años sin barriga, es marica total, cueco, ñaño, maricón del culo, joto, mariflor». Sí, en el terruño del que vengo pululan los machismos y la homofobia. Yo no les tengo miedo a los maricones (aunque sí soy macho macho, y ya al rato les explico por qué), tengo muchos fans maricones y los respeto y los quiero; que conste: son mis hermanos. ¿Cómo no quererlos?, aman mis canciones, todos los maricones de mi región adoran mis composiciones; menos, claro está, el señor Luigi Moreno, antropólogo y profesor catedrático retirado, erudito y letrado, que las detesta con pasión de perro (o perra). Les decía (no quiero desviarme demasiado, no hay cantidad de alcohol que justifique las torceduras ni los quiebres), les decía, pues, que aunque no tengo problemas con los maricones, soy macho total. No por pose, no. Sino que mi prima Lola, pues: sus pelitos a tan temprana edad. Carajo, Lola. Ah, carajo, que en mi tierra hay dos opciones: o eres maricón o eres mujeriego. No hay otra. Al cabo que la culpa de que yo sea un mujeriego perdido es de Lola. Pero la panza, sí, la panza. La panza es el sex appeal por excelencia. La panza es la hombría. La panza es la libertad, el libre albedrío de la carne. Es el placer, el exceso, la fuerza. (¿Y los maricones con panza? No compliquemos la cosa, ¿vale?). La panza. Las panzas. Recuerdo cuando la chilanga lamía la mía, pasaba su lengua esponjosa y bañada de mezcal (restos de sal y naranja) por la montaña de mi abdomen y me metía la lengua en el ombligo y luego me daba unas palmaditas (me usaba de tambor la muy hija de su madre, pero yo la dejaba hacer) y luego a montar se ha dicho; ay, mi chilanguita (chaparrita y encantadora), cómo bailaba sobre mí, la cosa bonita (ay, mi cosa bonita y abandonada). Entonces, vuelvo a Jim —porque no puedo perderme recordando tiempos mejores todo el tiempo—, ajá, Jim, sí, Jim decía: «¿Qué hay de malo con la grasa?, no le veo nada de malo». Yo digo lo mismo.

«Oiga la cholita pa buena, lástima que no me quiera». Eso es lo que se llama una letra genial. El profesor Moreno escribió un ensayo sobre la manifestación cultural del tamborito, mencionó la negritud que subyace en el ritual del tamborito; de haber sido otro el escritor, lo hubiesen crucificado, porque ya bien se sabe que en este terruño mío la gente se cree blanca, o mestiza, o chola, o lo que sea, todo menos negra; ji jeñol, a estos cristianos pa racistas búsquenlos; o como decía mi abuela: «Los buscan pa racistas y dicen que tan ocupao»; y yo le preguntaba a mi abuela — estúpidamente, porque los niños (los monstruos) somos estúpidos— que cómo así que si los buscaban pa racistas decían que estaban ocupados, y ella me respondía lo más tierna y amable posible: «Pues, m'hijo, que son tan racistas que están ocupados siendo racistas, pues; como cuando buscas a un albañil para que te haga un trabajo de albañilería, pero nunca está disponible, porque es tan bueno en su profesión que siempre está haciéndole un trabajo a alguien, pues, ¿entendéi?»; y yo: «Ahhh»; y ella: «Cierre la boca que le entran moscas»; pero, en fin, la cosa es que no fue otro sino el profe Moreno el que escribió el ensayo, y al profe Moreno le perdonaban todo por gordo, por homosexual y, al final de su vida, por viejo; y por buena gente, todo hay que decirlo. Era un crac, el profe, como se dice en jerga futbolística. No me gusta el futbol, pero si yo tuviera un hijo...

Sigo.

Oiga la cholita pa buena y tamborito a todo meter, las cantalantes sudadas y desgalilladas y los hombres dándole a los cueros de los tambores, aguardiente de aquí p'allá y noche cerrada sin estrellas —a veces lluvia—; viejos encutarrados sacan a bailar a las más jóvenes que, en menos de lo que canta, no un gallo, sino una vieja cantalante, se pondrán gordas y mantecosas, pero que siempre —siempre— serán recordadas como de buen culo y de buen ver en general, es decir, como mujeres «galanas».

1. Mi abuela, mi abuela de vez en cuando cantaba tamborito.
2. Cocinera de fonda desde los nueve años.
3. Les contaré la historia de mi abuela.
4. Pero primero una cervecita.
5. Ah. Rico. Bien. Mi abuela. Sí.

6. No puedo contar la historia de mi abuela sin trago encima.
7. Porque deseo llorar cuando la cuente.
8. Y la cerveza me ayuda a irme en llanto.

Mi abuela, la que nunca odió a nadie excepto a mi padre, por borracho, nació en tiempos de guaricha y caminos de tierra. Mi abuela, como ya se vio, decía cosas geniales, como esta: «Ya se sabe que esto que nos tocó por vida no es más que migaja, pero hay que hacer de ella una matanza». Para ustedes que no saben nada y no han viajado, les aclaro que cuando mi abuela decía «matanza» se refería a las comilonas, festines, banquetes, agasajos (gau-de-a-mus) que se hacen por medio del sacrificio de un animal grande, preferiblemente de una o más vacas entradas en carnes. En esos banquetes —casi siempre celebrados para recoger fondos para una fiesta futura, o simplemente con el único objetivo de reunir a la familia y atarugarse y después cagar mierda roja— abunda, pues (obvio), la carne y el aguardiente. Mi abuela fue la cocinera de muchas de esas matanzas, infinidad de veces. Y le pagaban bien; o, por lo menos, lo suficiente para ahorrar sus reales debajo del colchón. Mi abuela nunca leyó lo que Bertolt Brecht dijo sobre los bancos —aquello de que robar un banco es un crimen, pero que fundar uno era un crimen mayor—, pero estaba clarita mi abuela, estaba clarita en muchas cosas y jamás necesitó que ni Brecht ni ningún otro escritor le aclarara el camino; lástima para esos escritores no haber conocido a mi abuela, les hubiera ayudado bastante; si no, que lo diga el profesor Luigi Moreno; así que, pues, pa'bajo del colchón la plata.

Y. Así. Que. Pues. Qué. Digo.

¿Qué decía?

Ah, sí: que de la migajavida, hacer una matanza.

Una mañana, semanas antes de que mi abuela cumpliese los cuatro años, su madre amaneció muerta junto a ella. «Murió mientras me abrazaba», me contó mi abuela. Su padre se había ido a buscar trabajo a otro pueblo —otro pueblo que en esos tiempos de caminos de tierra quedaba más lejos que la concha de su madre— y posteriormente, por no encontrar trabajo allí, se había visto obligado a irse a trabajar de herrero, o albañil, o de lo que fuera, en los alrededores de la Zona del Canal de Panamá (ese maldito canal que ha contribuido a que el campo quede en el abandono total y a que el país se convierta en uno de los más centralistas del mundo). Mi bisabuelo se enteró de la muerte de su mujer tres meses después, por una carta que le llegó de su compadre del pueblo, quien había cuidado a su hija hasta entonces. «¿Dónde está enterrada su mamá?», le pregunté a mi abuela más de una vez. «Ay, m'hijo, qué voy a saber yo de eso; ni siquiera me acuerdo de su rostro». Una noche, mi abuela me contó que de cuando en cuando soñaba que se veía a sí misma de niña jugando en el patio; a lo lejos, su madre, sentada bajo un árbol de mango, desde la sombra, la llamaba: «Venga, m'hija»; y ella salía disparada, emocionada, saltarina y contenta, corriendo con los brazos abiertos hacia esa voz maternal. «Voy a ver su rostro», pensaba mi abuela mientras soñaba; pero, siempre, ya cuando estaba a pocos pasos del árbol, este se esfumaba y desparecía llevándose a su madre con él. Mi abuela despertaba llorando. Recuerdo que cuando mi abuela me contó el sueño, su semblante era sereno y tranquilo; se diría que en ella había resignación y entendimiento, o esperanza; en su voz había un nosequé, un nosequé que tal vez decía: «Mejor de esas cosas no hablar, el futuro eres tú»; o: «Yo quiero lo mejor para usted, m'hijo, no se vuelva borracho como su padre»; o simplemente estaba contenta de poder contarle el sueño a su nieto querido. La cosa es que siempre me lo decía mirándome a los ojos muy profundo, con un... No sé. Con un ¿cielo en sus ojos? No sé. De la muerte de mi madre nunca me dijo nada, y nunca supe nada de boca de nadie.

Ahora estoy a punto de llorar.

La cerveza ha funcionado.

«Y a su papá, abuela, ¿nunca le interesó saber dónde habían enterrado a su mujer?». «Ay, m'hijo —me respondía mi abuela, ya sirviéndome la comida—, eran otros tiempos». Pero ella no decía qué tiempos eran esos; no decía que eran tiempos de guaricha y caminos de tierra, ni nada, ni que eran tiempos de fonda y abandono y de pisos y paredes de barro, de techos de tejas. «Yo qué voy a saber» —concluía—. Y se quedaba en silencio. Pero yo en su silencio hecho de cruces y ríos crecidos escuchaba: «Mi papá fue un buen papá». Y, aunque todo es muy borroso, como una foto blanco y negro vieja y carcomida por la humedad y la polilla, era cierto, el padre de mi abuela, que nunca se casó de nuevo, siempre la cuidó y trabajó a la par de ella en fondas y cantinas. Puedo verlos en la lejanía color sepia: mi abuela en la fonda; mi bisabuelo en la cantina, que no se bebía ni un trago aunque a cada rato le ofrecían. El viejo se partía el lomo, a pesar de que, al parecer, sufría de una enfermedad crónica de la espalda que le impedía hacer más de cuatro cosas y que fue la que lo llevó a la tumba mucho antes incluso de que mi madre naciera. «Tu bisabuelo se sentaba horas a sacarme uno a uno los piojos para no tener que cortarme mi cabello largo, porque decía que era una maldá cortarme mis mechones tan bonitos. Tu bisabuelo era alto, por eso tú eres alto». Me hubiera gustado conocerlo. ¿Será verdad que mi bisabuelo no bebía? A lo mejor sí que bebía como un cabrón y mi abuela nunca me lo quiso decir. Pero creámosle a la vieja, que en paz descanse junto a Lola en algún lugar. Así que, en nombre de mi sobrio bisabuelo, me bebo de un solo envión esta cerveza fría y salvadora, cargada de alcohol lacrimógeno y redentor. Ah, qué bueno es llorar por los muertos. Luego sigo. Qué bueno es llorar. Qué bueno es llorar por los muertos que lo merecen.

Me dedicaba, en noches de frío especialmente, a observar, sin que se dieran cuenta, a los machos ganaderos y finqueros cuando bebían en las cantinas. No estoy seguro ahora de qué sentimientos afloraban en mí al verlos. Sé, eso sí (y sabía entonces) que ellos tenían miedo. ¿Miedo de qué? Ya les digo. Antes, déjenme ir de nuevo por una cervecita, aquí en mi intimidad, en mi nido de soltero y huérfano en cuyo centro puedo cagarme si me da la gana, o tirarme boca arriba y empezar a vomitar para morirme a lo Jimi Hendrix, solo que ya no tan joven ni tan flaco ni tan famoso ni tan respetado, sino ya entrado en edad madura y panzón, relativamente desconocido; visto con lástima por el fantasma de Lola; observado con una mezcla de tristeza y rabia por el fantasma de mi abuela; admirado con mucha lujuria y una pizca de cariño por el fantasma de Esmeralda; contemplado con tedio y paciencia por el fantasma del profesor Luigi.

Ya tengo mi cerveza.

¿Miedo de qué?, decía. ¿De qué tenían miedo los machos dueños de ganado y fincas? Tenían miedo de que se les cayera la máscara. «Si se me cae la máscara, pierdo». Eso pensaban. ¿Qué perdían? La compostura. Y me parece absurdo (y lo parecía entonces) que les importara tanto perder eso a lo que llamaban compostura: los hombros rectos, la barbilla en alto, el tono claro en la voz. El control. ¿El control de qué?, me pregunto yo. Y fallaban. Sí, la borrachera les ganaba, la juma los descuadernaba, sí; y al final terminaban tambaleándose y trastabillando y entrecerraban los ojos y se les salía la baba, se iban disolviendo, se iban desmoronando poquito a poco; doblaban el espinazo y allá va ese bulto pa'l suelo. Y luego los levantaba uno y se despertaban por un segundo y gritaban ofendidos: «¡Déjeme, compa, yo estoy bien, échese p'allá, hostia!». Y uno les hacía caso y echaba unos pasos p'atrás y los dejaba que se pusieran de pie y la escena era lamentable; pues, nada, parecían cucarachas con la panza arriba, moviendo las patitas y las manitas de aquí p'allá; apoyaban una mano en el suelo y con la otra buscaban algún soporte, algún objeto imaginario para erguirse; y cuando no lo encontraban, el abanicazo en el vacío (el envión) los hacía caer de nuevo, y no le quedaba a uno (que también estaba afectado por el alcohol) más remedio que asistir nuevamente a los caídos en batalla, a pesar de la negativa y el rechazo. Y a los caídos no les quedaba otra que aceptar el rescate y volver a su mesa ya con menos energía, dispuestos ya a abandonar la idea de controlarse. Yo jamás tuve ese problema ni lo tengo ahora. Yo, cuando me bebo unos tragos, no lucho. Me los bebo y me emborracho de inmediato; en ningún momento intento controlar la lengua, la pérdida de coordinación motora, el sueño, el paso sutil (y a veces acelerado) hacia la inconsciencia. Aunque ello implicara perder familia, amigos, mujeres, trabajo, todo; perder la compostura, perder el control, era una delicia. Lo sigue siendo.

# III

Me gustaría escribir canciones profundas, canciones profundas como para ahogarse en ellas; canciones para la historia, canciones para unos cuantos atajados de sueño y perdedores de la vida, un puñado de despelucados y cojos piedreros, canciones —¡ñinga!— de culto; canciones que lleguen no al tuétano, sino —digo yo, pues— a los nervios más sensibles del clítoris tanto de muchachotas como de viejotas, o a los pliegues del culo de los ñaños de comparsa y a los testículos (y también a las arrugas del fundillo, por qué no) de los dizque machotes y padrotes; canciones moja-vaginas, afloja-rectos y para-pingas; canciones inmortales para miserables mortales con sexos y orificios en el cuerpo. Canciones, por ejemplo, como las de Tim Buckley, el papá de Jeff Buckley, o como las del mismo Jeff, gran cantante y guitarrista cuya madre —me enteré por ahí— nació en Panamá —o más bien, para decirlo luigimorenamente, en la Zona del Canal incrustada en suelo patrio aún no del todo soberano— no sé por qué azares o gringadas de la vida (algo que ver con lo de siempre, seguro: papá militar, o ingeniero, o arquitecto, o doctor, o lo que sea; a fin de cuentas, bases militares y white privilege, y del otro lado los negritos y mestizos de cabello cuscús y de piel oscura como el ojo del ano; qué voy a saber yo, yo no sé nada, es pura paja de dipsómano sufrido y envidioso).

Cuando escucho a Tim y a Jeff en noches de frío, como me gusta decir siempre («en noches de frío» sería una buena forma de empezar una canción), aunque aquí nunca hay frío, me pregunto, cervecita en mano, lo siguiente: ¿habrá sido significativo este pequeño país tropical para un Jeff nada mamífero ni panzón y sin embargo lo bastante poético y huevasteclas para morir ahogado en un lago de una ciudad de allá del norte (poco importa cuál) poco después de haber dejado de beber y drogarse gracias a una «exitosa» rehabilitación muy de rockstar?

(Yo prefiero morir intoxicado de alcohol —que me reviente el hígado como un cadáver de perro que las aves carroñeras hayan rechazado— antes que morirme ahogado justo cuando lo que grito empieza a ser atendido, en pleno apogeo —y fuego— musical). Yo prefiero pensar (porque así soy, porque me reconforta, porque me pica el güevo derecho) que ni a Jeff ni a su madre les importó este país en lo más mínimo, porque, de verdad verdaíta, ¿por qué tendría que haberles importado?, ellos a lo suyo y nosotros a lo nuestro; nacer aquí o allá puede ser decisivo a la hora de caminar los caminos con mayor o menor facilidad, pero (aquí o allá) no es motivo de orgullo ni golpes de pecho; y, por añadidura, si aquella cosa abstracta llamada nación, a la que se pertenece por puro caos, se la ha pasado haciendo cagadas durante siglos, tampoco es para sentirse avergonzado y culpable, ¡a tomar lo que nos ha tocado en la rifa y pa'lante! (nada luigimorenístico este comentario, por cierto, chief); además, qué carajo, si luego ya se ve: todo de tu lado, talento, guapura, voz bajapanti, y lo mismo te quedan los pulmones anegados de agua, lo mismo terminas en el fondo, entre peces, pálido y como de porcelana (¿allí en el fondo había peces, Jeff, mi querido Alfonsino Storni guitarrero?).

Si yo me metiera a nadar, sobrio o borracho, en un río o lago o cuerpo de agua de cualquier tipo, ¿me salvaría mi panza, me serviría para flotar o definitivamente me hundiría como hipopótamo al que se le ha olvidado que el agua es lo suyo? No lo sé, la verdad, pero prefiero pensar (porque así soy, porque me azuza el anticristo que llevo dentro, o simplemente porque ahora me pica el güevo izquierdo) que yo flotaría boca arriba, mi vientre hinchado y triunfante, redondo lobo de mar criado en levadura pura y dura. ¡Ay, si tan solo Jeff hubiera sido panzón, ahora estaríamos disfrutando de más composiciones suyas!

Aquí sigo yo, no obstante, bajando trago tras trago, componiendo basura y media, lloroso y melodramático, seguro de que a Lola, aunque le valía caca el rocanrol y la música gringa en general, le habrían encantado las canciones del ahogado panza plana.

Aquí sigo yo, sin novedades, si no fuera porque acabo de ser demandado por un cantautor español de nombre artístico De Pedro. (El hermano de la chilanga está que se lo lleva puta). Es entendible la demanda, ya que mi canción *Libre como el viento* se parece mucho a una de él que se llama *Como el viento*, no solo —como es evidente y clarividente— en el título, sino en los acordes, la melodía y algunos versos. La canción de De Pedro es, por calle, mejor que la mía. Él la canta con personalidad y sentimiento, con una voz de hombre, con güevos, con ternura e inocencia (es decir, ternura en el güevo derecho; inocencia en el izquierdo). La mía, por otro lado, ya ni siquiera recuerdo quién la canta. Solo sé que es mexicana (recuerden que solo compongo para artistas mujeres), que la canturrea en versión banda y que es terrible; pero ¡cómo se le llenan los conciertos a esa vieja!

Ay (uy), si De Pedro supiera lo feliz y panzón que soy en este pueblo, ni siquiera se hubiera puesto en esa vaina. Yo me desconecto de todo, me tomo una cerveza (en este caso una cerveza gringa de esas que no saben a nada) y me pongo a escuchar la canción Hallelujah, compuesta por Leonard Cohen, cantada por el ahogado flaco (el ahogado «enjuto», habría dicho Foncho el Mexican).

Un ojo que se abría y se cerraba. Se abría y se cerraba. Se abría. Permanecía abierto. Se cerraba. Se quedaba cerrado. Se abría de nuevo. Se abría y se cerraba. El viento soplaba. Abre, cierra, abre cierra. Se abría... Se cerraba. (En calma: se quedaba abierto. En calma: se quedaba cerrado). Seamos claros: estaba yo (de nuevo, una y otra vez hasta el final de los siglos y los sudores, humores y canciones) en el orinal de una cantina de México, D. F., en pleno Zócalo (¡ay, ciudad tentácula, ciudad canina, ciudad de ardor en los ojos y comida callejera y deliciosa que te puede poner a vomitar las tripas y a cagar fuego en un dos por tres; ciudad Fuentes, Paz y Castellanos; ciudad Arreola; ciudad Papasquiaro; ciudad Huerta —y otros escritores que mejor no mencionar porque ya, lamentablemente, los hemos conocido en persona y, pues, ¿qué decir?, cagada total—; ciudad Caifanes, Maldita y Barranca; ciudad Juan Gabriel, Beltrán y Tintán; ciudad Chavelita). «En esta ciudad, aquí y ahora, se los juro amigos —cuates, carnales—; en esta ciudad, como en la cueva de Platón —el fuego, las antorchas y los pensamientos puros— nacen los mundos sensibles y el agua que corre y enjuaga» —decía yo agarrándome la picha borracha y muerta (polla muerta, verga muerta, pinga muerta) con la mano derecha y empinándome un tequila con la izquierda—. Afuera, sentada (más bien regada) frente a la barra, me esperaba la hermana del señor de la industria musical mexicana. Allí estaba la chilanga (banda) borracha hasta la zapatilla. «En fin, el orinal es —seguí diciéndome pa mis adentros—, pues, el mundo sensible, la caverna a la que todos entramos cada vez que la vejiga avisa y el esfínter cede». Estaba de pie junto a una pared desconchada y llena de escritos geniales (imagínenselos, que ahora no tengo tiempo). Orinaba, olía a berrinche (aquí le llamamos «berrinche» a ese olor a orina rancia y podrida que es desperdicio y vida y simple ciencia). En fin, yo meaba. En la pared de la derecha había una luz que parecía un ojo, apenas un círculo pequeño que aparecía y se iba, y parecía un ojo, se cerraba y se abría, como venía diciendo. La cosa es más simple de lo que aparenta: fuera del orinal, al lado izquierdo, había palmas de plátano, el viento soplaba y las palmas se mecían y jugaban con la luz del sol, las palmas creaban el abrir y cerrar con la asistencia de un pequeño hoyo en el techo de zinc del orinal, un huequito que era una plegaria para mí, para yo, que era (y soy) el borracho. Los huecos me enamoran porque a veces, cuando así lo deciden, son tan comunicativos, como aquel día en el Zócalo, por ejemplo, cuando uno de esos hoyos me dio un ojo que se abría y se cerraba y era el cielo mismo, o el mero infierno.

Un momento: ¡¿palmas de plátano en el Zócalo, en México, D. F.?!

Solo les digo esto que me dijo un taxista mexicano una vez: «¡En esta pinche ciudad pinche hay de todo, güey, lo encuentras todo, te lo ofrecemos todo, y si no hay te lo inventamos, hasta una playa te ponemos en el mero centro de la ciudad, cabrón, lo que tú quieras, panameñito, a güevo!».

Pero, en serio, ¿por qué y para qué los celos? Lo teníamos todo, mi chilanga linda; tenías en mí a tu tropicaleño espigado y atractivo, no a pesar de la panza, sino gracias a ella; compositor, columnista cultural consagrado y libre como el viento —*Libre como el viento* fue una canción que me significó treinta mil palos de un solo cascarazo, hasta que vino la demanda y se fue todo a la verga—; en fin, yo, un hombre que respetaba, y hasta protegía, tu derecho a emborracharte y a destruir tu hígado. ¿Qué más querías?, no lo sé; yo, por mi parte, no deseaba nada más; tenía en ti a mi hermosa chilanga chaparra y calenturienta, siempre dispuesta y ándele pues. Pero los celos, los celos. ¿Te acuerdas de cuando fuimos al Desierto de los Leones, ese desierto que de desierto no tiene nada? (Para ustedes, ignorantes que no viajan y no conocen, el Desierto de los Leones es un parque nacional lleno de árboles —pinos— que se encuentra en el sur o norte —lo mismo da, pinches cabrones— de la Ciudad de México, y allí hay un exconvento y mucho verde y silencio y secreto en singular y secretos y silencios en plural). Desde allá arriba, desde el frío, desde el fri-i-to que mi panza tropical tanto necesita siempre, desde allí —camino allí, más bien— veíamos el esmog de la costra del mundo, la costra federal, México, D. F., allá a lo lejos esa costra que tiembla, esa costra de historia, maloliente y taco de alambre, mantecosa, engendro que nos llevará a la chingada de la puta que nos parió (bueno, se los llevará a ustedes que viven allí, a mí no; yo vivo en el Trópico/ Caribe, Puente del Mundo/Corazón del Universo, que es otra costra, pero chiquitita y que nunca cicatrizará del todo porque la arrancamos una y otra vez y que vuelva a sangrar esa mierda); desde allí, desde el Desierto de los Leones, vimos, pues...: eso. Y que allí nos fuimos a desayunar acompañados de mariachi y Los Panchos y canciones de José Alfredo de aquí p'allá y el maravilloso atole de los dioses más cabrones del universo y pasándola rechido; pero tú con tus celos, mi chilanga —vamos a decirlo como es, sin pelos en la lengua— sintiéndote menos al lado de las güeras, blancas y extranjeras, tan espigadas como yo. Y yo que no sabía qué más hacer para darte tu lugar, o para que te lo dieras tú misma, mi chilanga bella; qué va, era inútil, te odiabas a ti misma por encima de todas la cosas, y maldecías la hora de los aztecas y los españoles, porque de todos es sabido que los aztecas eran bellísimos, pero lo que resultó del cuchi cuchi entre estos y los barbudos del otro lado del charco, pos, como que no, pero a güevo, cabrón; y en esas estabas, maldiciendo no solo a los aztecas y españoles sino, ya por no dejar —vamos a decirlo, una vez más, como es y sin pelos en la lengua— a los chichimecas, toltecas, zapotecas y demás «ecas», y, de paso, a los huicholes y coras (que nada tienen que ver), entre otras etnias que ya ni pa qué (y pensando, por supuesto, en cirugías estéticas, porque eres una chilanga con lana); en esas estabas, digo, cuando se nos acercó una gringa para preguntarnos, para preguntarme a mí (porque, claro, esta mexicana, ¿inglés?, ni cuándo, pensaste tú que pensó la gringa), para preguntarme a mí, la muy «racista» gringa, alguna mamada sobre alguna cosa escrita en un letrero de la hostia, y tú, claro, que te odiabas, y que de inmediato odiaste a la gringa y me odiaste a mí, y, viéndolo bien, decía que los celos, pero no son los celos, es el odio (alguno dirá que celos y odio son lo mismo), pero, en fin, el odio, el complejo, ese odio que mata, ese odio visceral —¿hay odio que no venga, directo y sin anestesia, de las vísceras?—, ese odio que mata a los pueblos: que me mata, que te mata, que la mata (a la gringa), que lo mata (al indio tan despreciado y, a la vez, tan amado, pero con lástima y condescendencia muy al estilo de gobierno priista), que nos mata (a todos sin excepción), que os mata (a vosotros, conquistadores), que los/las mata (ya no sé ni a quién). Debo confesar que los muslos atléticos de la gringa me recordaron un poco los muslos de la checa. Yo siempre preferí tus muslos cortos y regordetes, mi chilanga bella.

Nunca me lo creíste. Estabas ciega, ciega desde el odio.

Ese odio tan ¡pum!, ¡pum!, ¡pum!

Al sonoro rugir del cañón.

Foncho. ¿Quién es Foncho? Foncho era un Mexican al que le encantaba la palabra «enjuto». Lo conocí justo después de abandonar a la chilanga en el Desierto de los Leones cuando me hizo el chiquichóu de los celos y que solo fue la antesala para que pusiera de manifiesto, a la vista de todos, cuánto odio se tenía a sí misma por ser de piel cobriza, de cabello negro, de muslos cortos, de pancita, sin cadera, nariz grande, ojos oblicuos, chaparra y, en una palabra, chilanga sin una gota de sangre anglosajona o eslava que le hubiera podido mejorar un poquito la raza (por lo menos, digo, a poco no, pos, seño). Me fui directo, sin parada, al Zócalo, sin saber qué hostias con la chilanga, y allí, me metí en una cantina cuyo nombre no hace falta recordar, porque lo que más me gustó fueron los tacos de sesos y esos tacos de sesos (que no eran los de mi primo José el cachón —cornudo, venao— pero me hubiera gustado) los podía conseguir en cualquiera cantina, así que no había pedo. Ya tenía un buen par de caguamas (que, para ustedes que no han viajado y son ignorantes, son rompepechos o mangas largas, es decir —de nuevo por ignorantes y poco viajados debo aclarar— son cervezas de las grandes; es decir, más grandes que una pinta —somos tan agringados en el fondo, aunque nos duela en el colon, que usamos esa medida: «pinta»—); decía que ya tenía un par de caguamas —ballenas— dentro de mi sistema, cuando un hombre delgado y alto se me sentó al lado (bueno, a ver, alto para México; es decir, 1.85, algo así), y me hizo una seña con el mentón que yo al principio entendí como un «Pos, qué traes», y que yo le hice la misma seña y ni corto ni perezoso le dije al cantinero —que yo ya trataba de hermano, o para ser sinceros, de brother, con el permiso del profesor Luigi Moreno— que le diera una cervecita a... Y me incliné hacia el cuerpo casi esquelético del desconocido para que me dijera (o me escupiera en la cara) su nombre, y este dijo que se llamaba Foncho al tiempo que me extendía su mano y añadía que era exescritor, hijo de nadie, exnutricionista, todavía algo chamán y guía turístico y exvulcanizador. «¡¿Vulcanizaqué?!», exclamé yo chavodelochamente, con ganas de joder, pues ya conocía el término gracias a una novelita estúpida escrita por un escritor mexicano estúpido que había leído en algún camión (ignorantes con pocas millas de viaje: a los autobuses se les dice «camión» en México), un camión con música de banda de fondo que destruía mis sentidos, mi esperanza en la música y mi vida entera. «Vulcanizador —me dijo el Foncho con paciencia—: el que repara los neumáticos. Se nos llama así en honor a Vulcano, el dios del fuego». Y ya me estaba contando el Foncho todo aquello de que si el proceso fue descubierto por accidente por Charles Goodyear en no sé qué año de pinga, pero que en realidad los olmecas (esa era otra de las tribus que la chilanga maldecía, ahora que recuerdo) hace unos tres mil años, con savia y otras plantas, tal y tal, cuando le dije: «Eras un puto llantero, pues», y nos echamos a reír, porque el Foncho, podía verlo yo en sus ojos de lagarto (un Jim Morrison mexicano, solo que lamentablemente flaco), tenía sentido del humor, y la verdad es que hasta el cantinero se cagaba de la risa con esos dientes que no tenían restos de chicharrones panameños, pero sí de tacos de canasta (que para ustedes que no viajan, son... Uf, no, muy largo, olvídenlo). A partir de allí, caguamas iban, caguamas venían, tacos de sesos y fiesta y un señor ensombrerado y enguitarrado que cantaba rancheras y baladas en una esquina de la cantina; y que le terminé contando al Foncho lo de la chilanga. «Todas son así», me contestó. «No puede ser —decía yo—, no puede ser, no puede ser, a mí me parecía hermosa mi chilanga». Y el Foncho me miró incrédulo y dijo: «Vete a Jalisco, o al norte, ahí sí que sí». Y yo le espeté: «¡¿Tú también?!». Y entonces el Foncho lo dijo, soltó la palabrita por primera vez: «Si por lo menos los chilangos nos alimentáramos mejor, amigo, estaríamos menos gordos, más enjutos». «Enjutos, pero no putos porque si no me emputo», le dije yo entre risas mientras mordisqueaba mi taco de sesos, que a esas alturas de la borrachera ya estaba convencido de que eran de mi primo José, el venadísimo. Foncho se puso serio por primera vez y yo escuché con dramatizada atención. Resultó que el Foncho había intentado escribir un libro sobre buena alimentación al que había simplemente titulado Enjutos. La palabra le gustaba, así de simple, le desagradaban tanto las palabras «flaco» y «delgado», como la expresión «en línea»; tampoco le atraían demasiado las agringadas fit, o in shape (ya se sabe que al profe Luigi le hubiera emocionado esto); se había topado con la palabrita, me dijo, en un poema o en una canción, ya no lo recordaba. «Sería interesante colocarla en una canción para cantarla al estilo Vicente Fernández, al cierre, con trompetas afiladas y tajantes: "En... juuuuuu... toooooo... ¡Tantantán!"», le dije en voz alta mirando al cantinero para ver si agarraba la broma y hacíamos equipo para joder al Foncho, pero el cantinero, simplemente sonrió y asintiendo dijo: «¡A güevo!».

Esa noche de borrachera zocaleña, dormí en el apartamentito del Foncho, que vivía solo al oriente de la ciudad, cerca del aeropuerto, muy cerca, tan cerca que el techo de su casa temblaba cada vez que un avión se disponía a despegar o aterrizar. Seguro Foncho era una de esas personas que se asomaban en los balcones y que uno podía distinguir desde el avión a medida que este se iba acercando a tierra. «Vente a Panamá alguna vez, compadre, te va a gustar, verás lo que es calor por primera vez en tu puta vida, pero te va a gustar; te voy a presentar a una amiga, muy linda, muy inteligente, algo rellenita, te encantará», le dije al enjuto después de salir del cuarto de baño en cuyo inodoro estuve postrado durante casi treinta minutos y que casi obstruyo (consecuencia obvia de los tacos de sesos y las cervezas; porque, sí, México es cagar).

En una de las paredes de la recámara que me había cedido el Foncho para dormir, había pósteres de bandas de rock y de pirámides y mapas de ruinas arqueológicas. También había un póster de Juan Gabriel y uno de Paulina Rubio: casi me salgo del cuarto para contarle al Foncho que la Rubia de Oro cantaba una de mis canciones, pero el sueño pudo más. Pasó un avión. Y otro. Y otro. Y otro. Y bajo ese arrullo de aviones, finalmente me dormí.

# IV

Lola, cuando crezcamos bailaremos juntos, una noche completita y llena de estrellas, o puede ser una noche de nubes negras, relámpagos y grillos; puede ser una noche hasta de sapos si así tiene que ser; la cosa es que bailemos juntos; un baile de acordeón, prima, pegaditos y sudorosos, con pista llena o no, qué importa, pero juntos, oscuridad y fatiga y paso y caderas, tú guindada de mi cuello, yo amarrado a tu espalda y tus caderas; bailaremos Linda guaniqueña en la voz de Lucho de Sedas (creo), esa letra tan simple y tan hermosa que yo jamás sería capaz de escribir ni con toda la sensibilidad del mundo, esa letra: «Pregúntale a mi guitarra cuántas veces yo te nombro»; bailemos, Lola, bailemos; pero mi Lola, prima bella, no te vayas a morir antes de bailar conmigo. Ay, Lola, prima hermosa, si supieras cuántas veces te he nombrado. Pregúntale, pregúntale a mi guitarra vieja. Pregúntales a mis versos de mierda. Pero tú, qué va, te vas a morir, como todos los amores, antes de las estrellas y los sapos. No bailaremos. O sí. Quizá. Cada vez que baile con una mujer de la calle (o del bosque) serás tú la que, a lo virus tropical, a lo alma negra, ocupe su cuerpo. Ay, Lola, fue contigo que bailé cuando faltando a mis costumbres cervecísticas me bebí una botella de ron completita y saqué a bailar, en pleno carnaval, a la borrachita del pueblo, la Carmencita, la vieja Carmencita, bocacha y flaca, chaparra y ceniza y húmeda y seca; la saqué a bailar a la vieja borracha Carmencita, Lola mía; la llevé al centro de la sala de baile y nos pusimos a menear el culo y a sacudir los brazos, feos y hediondos y fuera de ritmo (el ritmo era el alcohol que corría por las venas hinchadas, y pulsaba); y la vieja Carmencita: diminuta, palillo de dientes y feliz; y yo imaginaba que la vieja eras tú, Lola, Lola, Lola (que no Lolita, como la del viejo Nabokov, sino Lola a secas, y grande y cangreja); y que la vieja Carmencita desaparecía detrás de tu rostro, mi lengua y tu lengua en aquel baile, aquel sonsonete de acordeón en que Carmencita ya no era Carmencita sino tú; yo sentía tus labios carnosos en los labios secos y reventados, labios de aguardiente y semen y chorizo; tu cabellera larga y universo en la muerte hecha hebra y piojos en el cuero cabelludo de la vieja Carmencita. Y escuché risas, nos tiraban agua, cerveza, y creo que hasta orina, estábamos en el centro de una rueda de gentes y borrachos y nefastos, y supe que no eras tú, Lola, pero yo seguí bailando y la vieja borracha Carmencita se me trepó encima, enana, piltrafa, siniestra, y mostró su sonrisa hueca, y sacudía el rostro como una culebra a la que estuvieran partiendo a machetazos; y por entre el espacio donde antes había dientes, la vieja borracha Carmencita (culebra en agonía) sacó su lengua gris y llena de grietas, y yo acerqué mi rostro al suyo y también saqué mi lengua y me supo todo, en efecto, a aguardiente, semen y chorizo, también a cigarrillo, también a limón, también a tristeza, también a su tristeza y a la tuya y a la mía y a la de todos los borrachos; y los gritos y las risas, Lola, y hasta los aplausos; pero te moriste, Lola, joven y sobria y olorosa; suerte, suerte la tuya. A la vieja borracha Carmencita le hubiera salvado la vida morirse joven.

La psicología, por lo menos la analítica, esa cosa aberrante. ¡Hic! Esa cosa llamada psicoanálisis que es como un escupitajo; escupitajo lanzado p'arriba por un austriaco que no tenía ni hostia que hacer más que escupir.

Tengo una amiga que es gorda y que además es poetisa.

O que es poetisa y que además es gorda.

Aquí me detengo. Pienso. Tic tac, tic tac.

Esa amiga, que fue —¿es?— una de las personas más brillantes que conocí, me pidió que si alguna vez la mencionaba por aquí de pasada, no revelara su nombre. Me explico: esa amiga era gordísima, gorda mórbida, lo cual la avergonzaba sobremanteca, ¡digo!, sobremanera. Nunca salía de casa; era linda persona y tenía unos ojos hermosos en su rostro de tortilla soplada, sus ojitos eran como dos botones azules en el centro de un almohadón; vamos, que hasta sus ojos eran gordos. Es la verdad, para qué negarlo. Yo le dije que se dejara de alelazones, que mandara a la sociedad al carajo, que saliera a pasear y a bailar, y, por qué no, a rodar. (Aunque mi primita, la muerta, que diario me susurra al oído, nunca me encargó que me portara como ser humano con la gorda, yo me propuse hacerlo; fui su amigo siempre, pese a que la visité en contadas ocasiones —una o dos veces al año durante una década—). Amigazo. Su gordura, debo confesarlo, aseguró esa amistad sana y sin manoseo —«Sin lubricidad», habría dicho la gorda poetisa—. Qué vaina, hasta cantaba lindo la gorda sebosa; pero es que, shit, era una tumefacción con patas, la pobre, un inmenso bulto que recitaba poemas —la vida es dura—. Que yo la quería mucho, no crean. Linda gente. La bola de grasa leía y escribía poesía, decía (qué más iba a poder hacer, ¿bailar ballet?, pos no). Varias veces escribí sobre ella en mi columna. Se salía con cosas geniales de vez en cuando; como aquello de Esquizofroid, una vez que mencioné lo de culpar a los padres, etcétera. «Esquizofroid: simplemente genial», le dije sobándole la montaña de carne que tenía sobre del tórax: esas carnes tan naturales, no trabajadas en las cantinas como las mías. Le aconsejé que patentara el hallazgo y que sacara algún provecho con ello: una marca de ropa para chicas de talla grande, por ejemplo; que hiciera algo. Pero nada, que «Soy una ballena asquerosa y que me quedo en casa y me encierro y ya no molestes, úsalo para una de tus canciones si quieres». Gorda fofa y cobarde. Pero lo digo en buena onda. Yo la quería mucho.

Toda esta alharaca acerca del psicoanálisis y su inventor Esquizofroid, a quien seguro le empezó a heder la boca igualito que a cadáver de perro loco poco antes de morirse de cáncer en la garganta, era para dejar dicho y confesado que a veces me he dado el lujo de buscar culpables para mi alcoholismo. Mi amiga la gorda —¿tengo que repetir que la llamo así solo porque ella no quería que yo dijera su nombre?— me dijo que también debía reconocer mi latente misoginia; me lo dijo aun sabiendo que yo siempre la quise a ella y adoré a mi abuela y amé a Lola y añoré el recuerdo de mi madre muerta al yo nacer y me entregué —cuerpo, alma, corazón y panza— a Esmeralda, a la checa, a la argentina o uruguaya y a la chilanga y a un par más por ahí; en todo caso, recuerdo que aquella vez le contesté: «Una cosa a la vez». Decía, pues, ¡hic!, que en algunas ocasiones me he puesto a reflexionar sobre las posibles razones por las que me gusta el alcohol en su presentación cerveza: que si mi padre, que si la muerte de mi madre justo al yo nacer, que si mi prima Lola muertita de cáncer y visitante fantasma, que si José, que si esto, aquello y lo otro y que si no es Chana es Juana. Qué va, siempre lo desecho todo. Y, con valentía, con descaro y espíritu festivo —en buena onda, quiero decir— me meo en alguna foto de Esquizofroid, primordialmente en esa en la que aparece mirando de medio perfil y sosteniendo un puro (símbolo fálico) en la mano —me da mucha satisfacción imaginarlo escupiendo sangre y cuajos de carne muerta por la boca; pero esto en buena onda, repito—. A Esquizofroid también lo quiero mucho.

A ver, siempre lo desecho todo, menos una escena que recuerdo cada mes de la patria y que, he considerado, podría ser la única razón por la que tal vez ni siquiera los consejos de la abuela evitaron que cayera (o me elevara, según se vea) en el alcohol.

¿Cómo contarlo?

Tal vez como en una obra de teatro. Así:

Maestra: Bandera Panameña.

Niño obediente (el niño obediente soy yo, evidentemente): Bandera Panameña.

Maestra *(está cabreada porque peleó con el esposo en la mañana antes de llegar a la escuela a darles clases a los pelaítos de mierda de los que formo parte)*: Juro a Dios y la patria.

Niño obediente *(un poco asustado ante la posibilidad de quedar en ridículo frente al centenar de niños más que dispuestos a burlarse de él en cuanto se trabe haciendo el juramento)*: Juro a Dios y a la patria.

Maestra *(definitivamente aburrida de la escuela y de la vida, con unas ganas terribles de mandar todo a la mierda)*: Amarte, respetarte y defenderte.

Niño obediente *(a mitad de camino, ya casi terminamos, ya casi terminamos)*: Amarte, respetarte y defenderte.

Maestra *(pensando en el adulterio como método de escape y alivio —el profesor de Educación Física no está nada mal—)*: Como símbolo sagrado de nuestra nación.

Niño obediente *(triunfante —lo hemos logrado— cierra los ojos y repite)*: Como símbolo sagrado de nuestra nación... ¡Amén!

(Risas).

Maestra *(a punto de estallar de risa también, como todo el resto de la escuela, pero no puede porque es la maestra y no debe, no debe, pero qué difícil no reírse)*: ¡Viva Panamá!

Niño obediente *(casi lloroso —no es para tanto, pero es hijo único, sin padre, cuya madre la peló durante el parto; es la susceptibilidad con patas—)*: ¡Viva Panamá!

Siguen las carcajadas. Sol mañanero. Ese pajarito llamado cascá canta en el fondo. El niño, que ya he dicho que soy yo, vuelve a la fila. Las carcajadas se vuelven risas, las risas murmullos, los murmullos silencio. Viene el himno nacional:

Alcanzamos por fin la victoria...

¿Por eso bebo, para matar la sensación de estar en cuera frente a cientos de hijos de sus putas madres que los parieron que se mofan de mí? No creo, pero, de vez en cuando cedo y Esquizofroid se parte de la risa mientras escupe charcos de sangre.

A modo de posdata: si son lectores atentos y sagaces, ya deben saber quién fue la única que no se rio. ¡Oh!, qué inteligentes. Sí, la gorda fue la única que no se rio.

Soy un cabrón. Nunca olvido. Ni lo bueno. Ni lo malo. ¡Hic!

Recuerdo cuando José, mi primo doctor y asesino, vino a mi casa decidido a matarme. Sí. Quiso matarme. ¿Por qué? Pues, que se sepa de una buena, puta y cabrona vez: quiso mandarme a mejor vida porque me cogí a su esposa; o, mejor dicho, me cogió ella a mí. Me la cogí. Me cogió. La mujer lo hizo (lo hicimos, ay, qué rico) de manera que se enterara no solo él, sino toda la ciudad; pero con todo y eso (obvio, como siempre) el muy lerdo lo supo el último. Se apareció el cachón a la medianoche, armado, pero no tan resuelto. Me apuntó, tembloroso y enclenque, al pecho; no obstante, no se atrevió a apretar el gatillo el marica de campeonato (su esposa y yo sí que no dudamos en apretarnos todo a la hora de los mameyes, o más bien debería decir a la hora de los melones, porque qué melones se jalaba la muy —ella sí— asesina). «Vete pa'l hospital, ya ombe, que allí eres bueno pa matar gente, güevón», le dije a José. La mujer de José era argentina o uruguaya, no estoy seguro; la cosa es que la conocí en la playa y no fue hasta muchas semanas después que caí en la cuenta de que era la esposa del primito, y desde luego que para mí eso fue lo que alborotó el congo: saber que tendría la oportunidad de llevarme a la mujer del primo a la cama fue una picadura de arrechera deliciosa para este diablico sucio de la vida que soy. Pues, sí, increíble, pero cierto. Creo que la tipa amaba a José, pero no tanto. Fue una excelente experiencia estar con ella, pero no tanto. Lo cierto (tan, tan cierto) es que José estaba todo el día en la clínica, y su esposa (sin permiso de trabajo aún) en la playa mañana, tarde y noche; tan joven y caliente y mal atendida ella y con ese acento muy lejos de ser eslavo, pero tan cantadito y sureño, que uno no sabe si es argentino o uruguayo, pero que, a la hora de los mameyes (o melones, repito) da lo mismo, sobre todo con poca ropa y apretadito. El torero sería indecente si le diera un balazo al toro, de lo contrario es decente; pero aun sería heroico si lo enfrentara solo con sus manos, sin manta roja y sin espada. Pero yo no soy ni torero (ni toro) ni decente ni heroico, así que, en un descuido que tuvo el pobre José —por descuidado me folló su esposita— le puse en la cabeza, en la misma sien, la pistola que me traje de México un día que me fui con Foncho a comprar souvenirs (me gusta imaginar que esa pistola, que es más bien una reliquia —está vieja y cochambrosa, pero cargada y funcional— le perteneció a Diego Rivera, y que con ella Diego amenazó de muerte a Siqueiros, su rival y amigo y compañero de parranda, y enemigo en horas de alcohol profuso, como ilustra la película Frida). Ahora, amigos lectores, aprieten el culo y traten de no orinarse de risa con lo que les voy a desembuchar: el maricón de José —doctorcito cara de sapito tángara tángara— al oír que yo, como hacen los guapos en las películas de acción (muy a lo gringo), le hacía clic a la pistola que le había puesto en la sien, se orinó, se meó; lo juro, se hizo pis allí mismo frente a mí; y a mí, en vez de darme lástima, me dio un asco de lo más visceral (¿hay algún asco que no venga —directo y sin anestesia— de las vísceras?); y casi casi, casito, le vuelo los sesos para luego recoger los restos y freírlos y hacer una salsa roja para pizza —para comérmela con mi hijo, si lo tuviera—. Era domingo y no hacía frío. No hacía nada de frío. Cuando José salió por la puerta con el rabo y el meado entre las piernas, le pregunté:

«¿Es argentina o uruguaya?». «¡Es chilena!», me gritó humillado y derrotado y meado. «Ah, carajo; y yo que pensaba que era bueno para distinguir e imitar acentos», pensé. Recuerdo que alcancé a gritarle: «¿Cachái?», antes de que desapareciera calle abajo en su camioneta de lujo.

A la chilena, esposa de mi culiao conchasumare primo José, no le gustaba, pero ni un cachito, po, la poesía. Recuerden, resulta que la culona (potona) no era ni argentina ni uruguaya, sino que era de allá de por los Andes y los desiertos y el acento cantadito y las juntas militares y los mapuches y las empanaditas y el vino y el pan con palta y la sangre de los desaparecidos, la sangre de los desparecidos que brilla en las noches australes. (¿Serán capaces de imaginar los chilenos —de derecha, centro, izquierda, neutrales, todos, toditos— serán capaces de imaginar —de verdad imaginar, ver, oler— la sangre de los desaparecidos; o son los desparecidos solo canciones y fotos en blanco y negro? No sé, es tan solo una pregunta que me hago. Solo una pregunta. No haré una canción sobre eso. Porque nunca sería muy popular, y yo hago canciones estúpidas para se vuelvan populares para así hacer dinero y seguir bebiendo cerveza mientras capturo horas y viento y yo mismo me vuelvo libre como el viento). La chilena cachonda, pues. Un día, después de que por error o pecado se me escapó de los labios con sabor a cerveza la palabra «poesía», me respondió, muy chilenamente, que había escuchado mencionar a los Parra porque ya ni modo, pero que pensaba que todos los Parra cantaban canciones dolientes y lastimeras y que eran todos izquierdosos, es decir ñángaras, y que por lo tanto de esas cosa no sabía nada, que de Nicanor, ni puta idea, y que por lo tanto —claro, hueón— de la banda Congreso «Tampoco nada de nada, po» (ay qué acento tan bonito, no sé cómo pude confundirlo con el acento argentino o uruguayo). ¿La Mistral?: en la escuela, claro, algunos poemitas, su cara en la moneda nacional. Lo que pasa es que son todos de izquierda y revolucionarios y es que a nosotros en mi familia, pues, ya sabes, no nos gustaba esa onda que traía Allende. «¿Y Pinochet?», pregunté con el dedo pulgar hacia arriba, en gesto de aprobación, y ella que no sabía si responder que si sí o que si no, o que si más o menos, y que finalmente me dice que a su madre («¿La concha de su mare?», pensé yo) le gustaba Pinochet, pero que de eso no se hablaba mucho en casa, que a ella esas cosas no le importaban y que, en gran parte, por eso se fue de Chile y se casó con mi primo el culiao conchasumare, y que desde hacía años solo se encargaba de administrar un hogar para animalitos extraviados, perros y gatos y otros. «Rescatarlos, limpiarlos, darles un hogar: es tan bonito». «Oye, ¿y los desaparecidos en Chile?», le pregunté yo, no porque me interesara el tema, sino para joderla, y ella que me responde que del ser humano no le interesaba nada, que lo suyo era la mirada de un perro, la inocencia en esa mirada; el caminar de un gato, la elegancia en ese caminar. Esa noche, con perros y gatos en la cabeza (como perros y gatos), cogimos como animales. Yo pensaba en Violeta (Parra). Pensaba en una canción de Víctor (Jara) mientras cogíamos por última vez.

Hace un tiempo (¿décadas?, ¿siglos?, ¿milenios?) hablé sobre mi abuela. ¿Quedará espacio para hablar de otras mujeres? No debería, creo. O por lo menos no debería tener ganas. Ni estómago. Ni tiempo (¿días?, ¿meses?, ¿años?). Pero tengo un tiempo sin beber (¿segundos?, ¿minutos?, ¿horas?), y cuando estoy sobrio pasa que la checa, solo la checa, ocupa mis recuerdos. En fuego: Lola, la chilanga chola, Esmeralda (Esmeralda solo a veces). ¿Se me queda alguna por fuera? No lo sé. Estoy sobrio. Sé muy pocas cosas cuando estoy sobrio. ¡Ah, sí!: la uruguaya o argentina que resultó ser chilena. Pero, ahora, sin trago encima: la checa. La pintora checa. Ya he dicho (creo) que la conocí por el profesor Luigi Moreno, quien la contactó por internet (el profe tenía tiempo para esas mariconadas) y la invitó a Panamá para que presentara su trabajo pictórico. Ella (como también tenía tiempo para esas mariconadas, y gracias a que entendió el inglés quebrado, rabioso y de mala gana del profesor, que más de una vez se disculpó por no hablar checo y tener que escribirle en la lengua del imperio, a lo que ella respondió que mientras no le escribiera en ruso, todo bien) aceptó la invitación, no porque le interesara Panamá, sino porque le pareció una buena oportunidad para escapar. ¿Escapar de qué?, no estaba segura, pero la cosa era escapar, así que después de exhibir sus pinturas en la universidad en la que el profe Moreno trabajaba y aguantarse la pompa y la solemnidad, decidió quedarse unas semanas más y

¡pao!, le caí como gallote, como buitre. Mentira asquerosa. Yo no tuve ni que tirar los perros ni nada. En realidad, la que me cayó fue ella a mí. Y yo me dejé hacer. Ya se sabe. Nunca me enamoré de la checa, he dicho (creo). Aunque a veces sí creo que me enamoré unas horas. Era de piel blanca y ojos que eran como agujas en mi pecho; y de un acento eslavo (¿los checos son eslavos?) que me llevaba de la mano por batallas y siglos mientras la penetraba a rejo limpio, sin silla de montar, a la crin: sin condón, quiero decir. Y hacía mucho calor y la checa, aunque fuerte y atlética, se ponía roja y se agitaba. Tal vez por eso yo cerraba los ojos y pensaba en mi chilanga. No lo sé. Cuánto me gustaría ir por una chela ahora y por unos tacos de alambre pa que me recuerden el aliento de mi mexicana peda. En fin, creo que sí, que de la checa me enamoré por unas horas. Estábamos en un restaurante-bar junto a la playa caliente y después de unos tragos me fui al orinal (a encontrarme con las raíces líquidas y residuales del hombre). Recuerdo que había unas hojas que crecían en la pared del orinal. Me miraban y se burlaban de mí las hojas porque yo, pobre hombre, a cada rato tendría que orinar y le temería a la muerte para siempre, y ellas, las hojas, apenas se quedarían allí, creciendo entre la pintura desconchada y eso sería todo lo que siempre serían y tendrían que hacer. Las hojas. Un ángel blanco allá fuera, mi checa amante de los buitres, en la terraza del restaurante, respiraba el agua del puerto y hacía bocetos de los barcos y los pescadores sin camisa. Sus dibujos eran los bosquejos para una próxima pintura. Seguía pensando, yo lo sabía, en los buitres. No le temía a nada la checa rubia. Era hermana de las hojas que crecían en la pared del orinal. El ángel miraba el puerto y le gustaba, pero extrañaba su tierra. El ángel sonreía, yo arrancaba las hojas de la pared, las tiraba al suelo y las orinaba. Ya no puedo hablar de la checa. Voy a beber.

Estoy sobrio de nuevo. Tal vez eso no sea tan terrible. Tal vez deba contrarrestar los efectos del alcohol. ¿Por qué debo contrarrestar los efectos del alcohol? ¿Para bajar esta panza? De ninguna manera. ¿Entonces? No lo sé, la verdad. Simplemente amanecí fresco y sin dolor y me dije: «Voy a dejar de beber por un tiempito, un tiempito pequeñito (por unas horas) y voy a comer bien. La vaina es que ando sobrio, ya saben, la checa, solo la checa aparece en el horizonte, aunque lo del horizonte sea cursi. Ya es tarde. Voy. Recuerdo que al transcurrir un tiempo (¿días?, ¿meses?, ¿años?) empecé a admirar a la checa. (Estoy sudando, carajo). Era algo, digamos, interesante, lo que me decía a mí mismo: «Tiene talento, es valiente, tiene sesos y no se anda con ñoñadas. Esta mujer puede matar a alguien. Tal vez es eso lo que más me gusta de ella». Eso. Yo admiraba a la checa porque sentía que en cualquier momento podía matar a alguien, o más bien que podía acabar conmigo cuando le diera la gana. Ojo, no cortarme la verga mientras dormía, sino simplemente entrarme a puñaladas y con mi sangre hacer un cuadro, la muy jueputa. (¡Carajo!, qué cagón me sale cuando escribo sobrio. La prosa, no sé, me sale oscura y como medio cristal cortante. Una prosa llorosa, o una prosa medio mamona —dirían mis amigos mexicanos—, o como medio compungida. Una prosa poética, pues. Ya lo he dicho —creo—: la poesía será mi ruina, no el alcohol. Otros dirían que me sale lo mismo sobrio que borracho. No entienden de sutilezas los que eso dicen. Afortunadamente, de cualquier manera, seguiré escribiendo canciones de mierda). Sin alcohol en mi cabeza me llegan recuerdos raros siempre con la checa. Recuerdo que tenía la necesidad de que un montón de agua viniera del cielo y cayera sobre el tragaluz del cuarto que el profe Luigi le había conseguido a la checa y en donde dormí tantas noches con ella; necesitaba que regresaran los buitres y que se posaran allí, empapados y obstinados, que los buitres vigilaran nuestra intimidad, que fueran intimidad junto a nosotros. (¿Ven lo que hace la falta de alcohol? ¿No se los (sic) dije?). Recuerdo que Caronte (¡mierda!, ahora me salgo con Caronte, aunque a Jim Big Mammal Morrison le encantaría), Caronte se había transformado en buitre en esas noches sin lluvia. Mi pintora de muslos olímpicos se despertaba y me miraba con ojos como platos. «¿Por qué se lleva la muerte lo más rico de la vida?», le decía yo en voz alta, pero luego me acostaba y fingía dormir para que pensara que había estado hablando dormido. Me deslizaba con los ojos cerrados hasta sus tetas, buscaba calor humano, frío humano, el baile en sus tetas, la ciudad en sus tetas, la luz en sus tetas, el arte en sus tetas. «Esto no es París (¿?)», quería decirle, pero seguía fingiendo que dormía. Yo le abría la puerta a la amargura. (¡Verga, la poesía será mi ruina!).

Pensaba (y todavía pienso) callado: «Cuarto pequeño vigilado por Caronte hecho buitres; claustro; sudar sobre una mujer de pechos grandes; mi tiempo, su tiempo, es decir mi cuerpo que muere, su cuerpo que muere; energía, solo carne, poca razón; la razón para qué. Aprendo. Marzo, he dicho, es un mes caliente. Reír un poco antes de morir (estar sobrio es una mierda; esto lo digo ahora, un ahora que es ahora y no el ahora de aquel ahora); una carcajada y luego a la mierda, al más allá, ya no por un río oscuro y quieto, sino por el aire, sostenido por las garras de buitre de Caronte; pelear para qué, mejor extiendo la mano y toco el coño de la pintora dormida, que acaricia mi cabeza; mejor abrir la boca y con la punta de la lengua tocar un pezón que se endurece y de golpe pensar en la nieve que vi, toqué y olí por primera vez cuando ya era adulto y que por ello no tuvo gracia; la nieve es una cosa para niños, no para adultos amargados; la nieve fue una bola de cristal que dejé caer en medio de una sala alfombrada; y como soy macho yo no recogí el desastre, el reguero de bolitas sobre las cerdas de la alfombra; la nieve murió entre ácaros, y yo con asma y los ácaros allí; cuando los ácaros se comieron la nieve yo no me quejé, me fui a beber (¡pero ahora se me ha ocurrido dejar de beber y por eso esta prosa dolorosa que pretende ser rosa!); era marzo y yo que regresaba a ese mes hermoso, ese mes caliente, fiel, crudo y para adultos; marzo no es para niños; el mundo vale la pena solo cuando le tomas el pelo día a día, y tomarle el pelo significa, desde luego, destruir dioses, destruir niñerías, como la nieve y el columpio; pero esto hay que hacerlo en marzo, el mes de la carne; a los buitres les gusta marzo; quiero morir en marzo, ya lo he dicho (creo), para reír y que se me escape por entre los dientes el infierno que llevo dentro». Me voy a beber.

# V

Antes de que nuestra relación de negocios terminara para siempre, el señor de la industria musical me respondió lo siguiente una tarde que lo llamé por teléfono: «Pero a ver, tú, pinche pendejete, cómo se te ocurre a ti que Paulina va a querer cantar esa canción; tú sigue escribiendo las mismas canciones y los mismos temas, que yo me encargo de colocarlos y de hacerte ganar plata». Me acababa de rechazar la canción *El cangrejo*. Yo ni me inmuté, porque ya me lo esperaba, y le pregunté: «¿Y mi chilanga?». «Ya deja a mi hermana en paz y ponte a escribir, pinche güevón». «Voy a regresar a México el mes que viene», mentí. «¡Déjate de chingar! Por acá no te aparezcas. Sigue haciendo esas canciones de mierda, pinche chango. No compliques las cosas, panameñito». ¡Clic!, hizo el teléfono, y yo pensé en el clic que hizo mi pistola cuando se la puse en la sien al meón de José. Un chango, eso fui por un tiempo más. ¿Días? ¿Meses? ¿Años? No lo recuerdo. Lo cierto es que *El cangrejo* fue una canción que escribí para Lola. Miento: la canción la escribió Lola, ella misma me la susurró al oído en una madrugada de sapos. ¿Siempre los sapos? «Levántate, güevón, agarra la guitarra, elige un la menor y ve anotando lo que te dicto, primito», me dijo, muerta y sin embargo carne y olor, y libre, la Lola, casi en la oscuridad. Y yo anoté, y del la menor pasé al mi mayor y a las palabras (que he decidido no cantar en público jamás, porque esta canción es mi verdad y, como dijo un escritor español, dandy —genio y equivocado en casi todo menos en lo siguiente—: «Nadie se merece la verdad»). La cosa es que las palabras que me dictó mi Lola me hicieron llorar, hicieron llorar a los sapos, y hasta diría que hicieron llorar a la noche si no fuera cursi decirlo. Luego pasé al re menor, y luego a un sol y a un si disminuido, porque disminuido estaba —un poco— mi dolor y mi lloro. Concluí con un la menor redondo y tan estrella negra, pero no una estrella negra a la Bowie, sino una estrella negra tan solo negra como la noche, seca de lágrimas. «Tú ponle el título que quieras, haz algo, primito», concluyó la voz de Lola, una voz nada cavernosa y nada lejana, sino una voz como de golpe y beso, una voz-bofetada. Una voz tenaza. Sentí una mordida. «*El cangrejo*», pensé. Lola no se esfumó, simplemente abrió la puerta del cuarto y se fue con pesados pasos, carnal y nocturna. Me acosté. Puse la guitarra junto a mí. La abracé. Dormí.

De nuevo recuerdo a la checa. Hoy. La recuerdo hoy. Toda mi cabeza se ilumina de mujer checa que alguna vez pasó por aquí, por esta panza y más allá. Ya no haría ni falta decirlo, pero lo diré: estoy sobrio. Espero no me salga esa prosa poética que será mi ruina y que siempre me sale cuando estoy sin trago encima (brindo por la rima). Voy. Una noche la checa y yo fuimos al festival de cine. El festival era en la ciudad de Panamá y odié a la checa con toda mi alma de cerdo bebedor y vampiro, no solo porque tuve que conducir, cosa que detesto, sino porque a la checa le gustaba (jódanse) las canciones de Ricardo Arjona, e insistió en escuchar a ese maldito durante todo el trayecto. Sí, así como lo oyen. En defensa de la checa debo decir que su español nunca fue tan bueno (era una gran artista visual, lo juro, una cosa no tiene que ver con la otra); razón por la cual, debo decir también, mis canciones tampoco le parecían tan malas.

«Diaaablu».

La cuestión es que después de horas de Arjona (¿tres?, ¿cuatro?, ¿siete?), llegamos a la ciudad y nos quedamos en un hostal frente a la bahía de Panamá. A la mañana siguiente: sol, bahía, tráfico. Y olor a mierda, por supuesto. «No, no puedes meterte al agua, está llena de pupú —le dije juguetonamente—; ¿acaso no sientes el tufillo de cuando en cuando? Ella se encogió de hombros (esos hombros anchos) y salió del cuarto con una toalla en las manos. Yo, al verla bajar, también me encogí de hombros y saqué de una neverita una de las latas de cerveza que había comprado para estar preparado (porque habría que llorar de vez en cuando, claro está).

«¡Tsss!», dijo la lata de cerveza cuando la abrí, y me asomé al balcón.

Allí iba la checa, parando el tráfico de la avenida Balboa con su muslos, tetas y estructura ósea. Cruzó la avenida de ocho carriles como si ella fuera dueña de todo, dueña del ruido, dueña del sol y dueña, ¡jo y mierda!, de la pestilencia de la bahía. «Es europea, pero a pesar de ello no ha querido hacer uso del puente peatonal, tan cerca que está esa chucha», pensé dirigiendo la lata de cerveza hacia donde estaba el antedicho puente. La checa, ya del otro lado de la avenida Balboa, bordeó la estatua del querido Vasco Núñez, llegó al paredón donde se rompen las olas llenas de caca, lo trepó, tomó una pausa (pensé que voltearía a mirar hacia el balcón del hostal, pero no lo hizo; miró siempre hacia el horizonte, en dirección a los barcos que hacían fila para cruzar el Canal) y se lanzó. Su cuerpo de fierro y músculos desapareció.

Pensé: «Piedras».

Tomé un sorbo de la cerveza y pensé, despreocupado: «Las piedras se romperán». Dejé el balcón y me metí a la cama. Me quedé dormido. Tenía más sueño que la perra de Monagrillo.

(Recuerdo que aquella vez pensé exactamente la expresión «La perra de Monagrillo». Yo no sabía —ni sé— a qué perra se referían ni por qué era de Monagrillo, pero estaba en la ciudad de Panamá, en medio de los edificios; es decir, en medio del lavado de dinero, y yo tenía que contrarrestar esa podredumbre urbana con expresiones de la campiña. Era mi manera de —muy a lo profesor Luigi Moreno— hacerle la pelea a la pérdida de identidad de la que uno puede ser presa en la metrópoli. Vaya, quién diría que a un borracho culeón le preocuparían estas cosas).

La checa regresó al poco rato (¿minutos?, ¿horas?) y me despertó con su melena mojada. Yo esperaba que oliera a mierda misma, pero me sorprendió descubrir que solo olía a sal. Ella sonrió. Yo le apreté las tetas y los muslos y me mordí los labios (¡viejo arrecho y lujurioso, carajo!). Ella se vengó cantando unas líneas de Arjona. Luego se metió a la ducha.

En la noche fuimos a ver la película checa que habían programado en el festival. Yo iba pechón (y panzón) y más pingón que nunca con la checa a mi lado. También iba un poco más que en fuego porque —cómo verga no— me había acabado cuatro cervecitas mientras la checa se bañaba; así que sobre una nube negra medio flotando iba (¿la nube negra de Lola?); y medio como que allí presente y como que medio en un limbo sabroso e jueputa junto a ese par de tetas importado de Checolandia. «Este hembrón seguramente me jalará más hembras pa'l futuro», pensé, y de inmediato me llegó la voz cavernosa de Lola (la nube negra, en efecto) que decía: «Vaya que eres imbécil y patético, primito, te quedarás solo para toda la vida, y para toda la muerte, porque ni yo te estaré esperando cuando te mueras». La gente nos miraba, tanto hombres como mujeres me miraban a mí y luego miraban las piernotas de la checa, que iba en unos pantalones cortos criminales. La gente miraba y miraba. Hombres y mujeres, mirones, descarados, caribeños y tropicales; de repente veía susto en sus caras, veía lástima, de repente veía asco, veía envidia, vería lujuria. «Ja, estoy jumao hasta la tusa», pensé con una sonrisa de oreja a oreja. Seguro que pensaban todos: «Semejante tronco de hembra al lado de esa panza andante o, mejor dicho, esa panza trastabillante». Y entonces saqué aun más pecho y panza (y más pinga) e hicimos la enjuta fila para los boletos. «¡Qué fila más triste! —pensé con signos de exclamación—; claro, ¡quién va a querer ver esta puta peli checa!; ni yo, si no es por esta mujer de culo más duro que las piedras».

Finalmente entramos a ver la susodicha.

Mala película, si vamos a ser honestos como un niño (como un monstruo); gris, rara, triste, muy del este y muy, supongo, checa, mucho yogurt y leche y la bendita recolección de setas (para ustedes que no han viajado y que lo ignoran todo, la recolección de setas es muy importante en ese país), y la carpa (un tipo de pescado, uf) en Navidad porque, si no, no es Navidad que se respete, y un gran y manido y trillado y largo etcétera sin abreviar, con una obligatoria tilde en la segunda «e», palabra directa, musical y esdrujulosa y, sobre todo, simple, pero que a la checa le costaba pronunciar correctamente (la pobre siempre decía «etceTÉra», y qué linda se veía la zopenca). En fin, que la película, en mi somnolienta y cervezoide y por lo tanto jodedora opinión, era un intento fallido (creo) o, mejor dicho, un guacho bajo en sal de Milan Kundera, el *enfant terrible* Jan Němec y el gran František Kupka, de quienes, a propósito de yegua peyéndose, escribí columnas solo para congraciarme con la checa, como si lo necesitara; pero, bueno, la vaina es que allí estaba la checa agarrándome la mano con esa fuerza cabrona que tenía sin quitar la mirada de la pantalla. La película —me susurró una sola vez al oído— le recordaba a ciertos artistas y pintores checos que a sus abuelos muertos les gustaban, y todos ellos (ya esto no recuerdo si lo dijo o no) eran la muerte y los buitres. Eran la soledad. Eran zambullirse a un mar desconocido, aunque oliera a desechos. Eran los restos de un café frío en el fondo de una taza blanca con florecitas rojas sobre una mesa de restaurante, una mesa sucia: servilletas usadas, restos de agua y manchas de comida. «Me recuerda un poco a Kieślowski», balbuceé con saborcito a levadura. «Kieślowski es polaco, no checo, no tiene nada que ver», contestó ella. Luego callamos. No hablamos más. Pensé que la checa lloraría, pero no fue así. Solo apretaba los dientes. Nunca sonrió, mucho menos rio. Podría jurar que parpadeó un promedio de una vez cada dos minutos durante toda la película. Si no fuera tan malo en las matemáticas, me pondría a hacer el cálculo solo para joder. Yo, por supuesto, lloré, no lloré lo mío, no lloré mis cosas, no lloré a mi abuela, ni lloré a mi Lola, ni lloré mis canciones de mierda; lloré porque a la mañana siguiente, de regreso al pueblo, seguro la checa me obligaría a escuchar a Arjona nuevamente. Al salir de la sala yo seguía pechón, panzón y pingón; un poquito menos, tal vez, después de tanta cosa lejana e impronunciable. Venía con la cabeza llena de sonidos checos, esas imposibles «shchsch». Llegamos al hostal. Nos desnudamos. Yo saqué una cerveza de la neverita y «¡tsss!», pa'l fondo. Me sobé la panza, orgulloso y dadivoso Buda y mamífero. «Esta va por ti, Jim», dije en voz alta. La checa me miró. Estaba desnuda frente a mí. Me di cuenta de que le sangraba la rodilla. «Ah, carajo, por eso nos miraban todos, asustados, preocupados, lujuriosos, caribeños y escandalosos», pensé medio divertido y danzarín (me había puesto a bailar un poco medio a lo loco y en cámara lenta mientras miraba libidinosamente, no el cuerpo olímpico de la checa, sino mi panza, mi querida y bien ganada panza).

Acerqué el rostro a la herida y puse la lata de cerveza fría en ella. La checa tembló en silencio.

«Las piedras», dije.

«Las piedras», dijo.

Cuando Foncho vio la ciudad de Panamá desde el avión que lo traía de la costra sangrante y pulsante que es Méjicodeefe, no supo si reírse, bostezar o dejarse impresionar por la cantidad de edificios que había a la orilla de la costa-costra. Más bien (para ser honestos, para dejarnos de chingaderas) Foncho se rio, bostezó y se dejó impresionar por el lavado de dinero hecho cemento, por esa metonimia (¿o es sinécdoque?) de la hipocresía y la vanidad. La ciudad —también— le pareció una mala imitación de Miami, a la que conocía personal y chilangamente (allí había entrenado a varias pseudoactrices cubanas que aspiraban a ser como Iris Chacón y vedettes como Olga Breeskin, Wanda Seux, entre otras, pero que solo llegaron a ser *strippers* o teiboleras; trabajo, dentro de todo, digno y decente —¡digno y decente, fascistas, sépanlo!—).

Foncho, ya cuando el avión había bajado considerables metros de altura y se distinguían la Cinta Costera, Panamá la Vieja, el manglar agonizante y las casas de los millonarios de Costa del Este (en una de esas casas vive, creo, Miguel Bosé, en no tan completo anonimato; debería intentar darle una cancioncita de las mías a Bosé, ya saben, el Bowie hispano, de tercer mundo, pues —«Ni se te ocurra», me dice el fantasma de Lola—); cuando el avión ya casi tocaba tierra, decía, Foncho decidió imaginar algo no sé si diametralmente diferente, pero sí nadíricamente opuesto a lo que mucha gente podría haber decidido imaginar: imaginó que rompía la ventanita del puesto que le había tocado —en gracia— (claro, como si fuera fácil romperla, Foncho) y que por el agujero se lanzaba en picada al mar que constituía la famosa bahía de Panamá, lo cual, dadas las dimensiones corporales de Foncho, quien semejaba un palillo de dientes —míster Enjuto—, habría sido posible, es decir fonchamente posible, amén de factores como velocidad, viento, alarma, escándalo, pérdida de presurización de la cabina, miedo y tripulantes de vuelo despelucadas (y despelucados) tratando de calmar a los pasajeros, entre otras inutilidades técnicas y sucesos demasiado realistas que no nos sirven en absoluto, ni a mí como escritor ni a ustedes como lectores; la cosa es que Foncho se lanzaba en picada y nadaba y nadaba en su imaginación como si la gran cosa, sin darse cuenta de que estaría nadando en mierda; pues, sí, la bahía de Panamá no solo está contaminada por el paso de los barcos que cruzan el canal y por la basura que nosotros mismos —los herederos de Manuel Amador Guerrero, entre otros ilustres comerciantes y terratenientes— tiramos, y tal; sino que está llena, literal y cacamente, de mierda. En fin.

Para terminar, debo decir que a Foncho la ciudad le pareció —también— un frijolito negro y tierno, un maíz azul y silencioso; Fonchito vulcanizador tuvo diversos y barrocos pensamientos condescendientes e insultantes que le hubieran valido ser expulsado del país por los nacionalistas más puñoenelpecho de nuestras filas panameñoides —modernamente conocidos como bananameños— herederos del pensamiento de nuestro ilustre Fufo (Arnulfo Arias Madrid, búsquenlo en internet), amante de las ideas del mismísimo Adolfito Hitlerito, y que fue, no solo una, sino tres veces presidente de Panamá (uh, tómate esa). En fin, que Foncho era intrépido, mas no estúpido, así que sus elucubraciones sobre nuestro país canalero tuvo la sensatez de solo contármelas a mí —que me reí un montón y le respondí con un puñado de bellezas dirigidas a nuestro mexicoide querido— cuando, después de cuatro o siete o dos horas de camino en chiva (bus, camión), lo recibí en la piquera (estación), poco antes de que me dijera: «Al ratito vengo, carnal», y tomara un taxi que lo llevaría directamente a la casa de mi amiga, la gorda poetisa, dentro de la cual se internaría por semanas y semanas —que ya se sabe que «al ratito» y «ahorita» son expresiones de semántica infinita, de mucho elástico, se diría que expresiones alberteinstianas o stephenhawkianas, expresiones quantum—. Al ratito les doy detalles sobre las horas de amor seboso-enjuto que pasaron la gorda y Foncho.

# VI

Si yo tuviera un hijo y quisiera escribirle una carta.
¿Qué diría la carta? Tal vez esto:

*Hijo, me gusta el guaro. Es algo que heredé de tu abuelo. Me gustan el guaro y las mujeres. No sé si el gusto por las mujeres también me vino de tu abuelo. A él parecían darle igual las mujeres. Creo que para él eran accesorios, o llaveritos, o empleadas. ¿Cómo conoció a mi madre? ¿Qué sintió por mi madre? ¿Quién fue mi madre? Todo sigue siendo un misterio para mí. ¿Por qué mi abuela, es decir tu bisabuela, me habló tan poco de mi madre, es decir tu abuela? Bueno, hijo, el tema es que el guaro y las mujeres. Mira, las mujeres son maravillosas, bueno, no todas. Pero igual, sea bueno con las mujeres. Respételas. No se sienta culpable por desearlas. A las mujeres, a todas —a casi todas, pues— les gusta sentirse deseadas. No por cualquiera, claro está; tiene que ser un hombre que a ellas les mueva el piso. Pero, en fin, no es uno el importante, es el deseo. Estoy hablando mucha paja, creo. No lo sé. Ahora, el silencio. El silencio, hijo, es muy importante, y lo es cada vez más. Es como el oro, o la madera, o la tierra. El silencio no se devalúa, querido hijo. Sube. Sube su precio. La gente se preocupa por el agua, pero no, yo digo que es la falta de silencio, no de agua, lo que causará guerras en el futuro. Sí, hijo, el silencio es menospreciado ahora, pero en el futuro será un bien primordial para la sobrevivencia. Las mujeres (solo algunas) saben eso. Esas algunas saben que el silencio nos salvará. Por eso callan. ¿Me entiendes, hijo? ¿Entiendes lo que quiero decir con esto del silencio? Me entiendas o no, hijo querido, tú, a ellas, a esas mujeres que callan y practican el silencio, prodígales eso mismo, varoncito mío, silencio, que en el silencio tal vez crezca un pequeño deseo. Un deseo que no se convertirá en nada más. En silencio quedará ese deseo y por eso será deseo y silencio, ¿me explico? Ahora, ven, callemos. Venga, tómeme la mano, calle y salgamos a la calle. Calladitos callejeando en la calle. Silencio. Allí vienen las mujeres que lo aprecian. Es hora.*

El profe maricón me diría que escribiera una canción sobre toda la lara lara de arriba. No la escribiré, porque no tengo ningún hijo ni lo tendré y la verdad tampoco la escribiría aunque lo tuviera, porque no vendería, y lo mío es hacer plata con canciones caca, aunque a Lola le moleste. No, no tengo hijo, gracias a Dios, ¿para qué otro alcohólico en este mundo? («*It'd be a monster*», dijo Jim Morrison en la película de Oliver Stone cuando la periodista le dijo que tal vez estaba preñada de Jim, preñada de hombre panza, preñada de hombre lagarto. «Será un héroe, un Dios, un *rockstar*», dijo ella, o algo así. «Un monstruo», respondió el panzón ballenístico, barbudo y whisky Jim, con sorna y sarna y noches). Pero si yo tuviera a mi monstruo, tal vez no le escribiría ninguna carta sobre el silencio, sino que lo invitaría a comer pizza todos los domingos, después de emborracharme de martes a viernes (los sábados y los lunes para dormir la goma jueputa), y comeríamos pizza, mucha pizza, y hablaríamos mucho mucho mucho; sobre futbol (a mi monstruo le gustaría el futbol, a mí me vale verga el futbol, pero por él, por mi monstruo, hablaría de Maradona y Pelé como el que más sabe); y hablaríamos sobre música pero de filosofía nunca. Le diría: «Hijo, la filosofía es para los que no se les para la verga y las mujeres rechazan por flácidos y falta'e güevos, como a Kierkegaard». Y le diría: «Ama las mujeres, hazles el amor y respétalas, escúchalas y a la vez no las escuches y luego vuélvelas a escuchar, en silencio». Como se ve, caeríamos de nuevo en el silencio. Y mi hijo, mi monstruo, se reiría con su pedazo de pizza de pepperoni con jalapeños en la boca y seríamos felices por lo menos unas horas —dos, tres horas a lo más—.

Mi abuela terminó a duras penas la escuela primaria, y no porque tuviese malas calificaciones, que las tenía buenísimas, sino porque, como ya lo he dicho antes, se vio obligada a trabajar hasta tarde como ayudante de fonda a tiernas edades y a cuidar a mi bisabuelo hasta que al pobre ya la espalda no le dio más. El viejo, según mi abuela, se fue tranquilo y sosegado y sobrio, como sobrio fue durante toda su vida (según mi abuela, repito).

Mi abuela era el tipo de mujer que nunca se dejó joder por un hombre y que tampoco jodió a ninguno; excepto aquella vez que tuvo que darle un garrotazo en la cabeza a mi abuelo, que había llegado borracho a la casa pensando que podía abusar de ella. De más está decir que nunca conocí al tal abuelo, pues después del garrotazo desapareció para siempre.

Alguna gente del pueblo decía (y dice) que mi abuela lo había matado y enterrado en el patio de la casa, al pie de donde estaban y siguen estando los tallos de plátanos.

A mí me gusta creer que así fue.

Una vez le pregunté si sabía qué era el «feminismo» —ya tenía yo la cabeza llena de mariconadas occidentales—. Me miró con extrañeza (tal vez con algo de lástima) y me contestó con la misma voz de yegua salvaje que tenía Esmeralda: «¡Qué voy yo a saber!, ¡no sea ladilla!», mientras le torcía el pescuezo al pollo que nos comeríamos esa tarde.

Ese era el tipo de hembra que era mi abuela (sí, hembra, acéptenlo), cuando estaba todavía en el apogeo, antes de la tos y la sangre.

Pausa. Vale la pena describir el pollicidio: con la mano izquierda, mi abuela sostenía las patas del pollo; con la mano derecha, sujetaba la cabeza del pájaro involátil que pronto sería cadáver y luego cena, arropándola de manera que los ojos y el pico quedaran tapados; luego soltaba las patas y con el brazo derecho le hacía «jai jai jai» a la cabeza, como si estuviera dándole cuerda a la máquina de un avión para que arrancara.

El cuerpo daba vueltas como una honda.

Revolotear de alas y plumas en el suelo.

Lengua afuera.

Pollo muerto y listo pa'l caldero.

Yo, varoncito (ñaño, jotito, mariconcito, *faggot*, cueco del culo) jamás me atreví a hacer lo mismo.

Pero cómo disfruté del arroz con pollo y los tamales, y cómo los cagué plácidamente sabiendo que cagaba los restos de una comida hecha en casa, comida llena de amor.

(¡Cómo me gusta pensar que es verdad que mi abuela mató a mi abuelo y que lo enterró allá atrás donde están los tallos de plátanos!).

Mi abuela cargaba calderos pesados, tucos de madera para el fogón y tanques de gas para la estufa. Y no dejaba que nadie la ayudara. Lloviera o escampara, iba y venía cargando como una mula. Un día que estaba leyendo un libro sobre historia francesa contemporánea, dije en alta voz: «Simón de Buvarrrhhhggg, Simón de Buvarrrhhgg». «Si vas a botar flema, escúpela en el monte», dijo mi abuela. Y yo, que aún recordaba la respuesta que me había dado sobre el feminismo, le pregunté, solo por joder: «Abuela, ¿usted sabe quién es Simone de Beauvoir?». Me miró y me respondió en el mismo tono en que lo hacía siempre que yo le preguntaba sandeces: «¡Qué voy yo a saber de qué dianche me ta hablando, m'hijito!; a ver, ¿cómo se come eso?». Y otro día: «Abuela, déjeme ayudarle en algo». «¿Acaso yo toy inválida? Mire, muchachito, usted lo que tiene que jacé es ponerse a estudiar y sacar buenas notas en la escuela; ah, y alejarse del aguardiente, ¡ay de ti si te agarro bebiendo!».

La decepción que sufrió mi abuela la primera vez que llegué a la casa borracho es muy difícil de describir. Básicamente, le rompí el corazón. Siempre he pensado que se murió por mi culpa, que se fue muriendo poquito a poquito a partir de la madrugada en que casi vomito las tripas después de haber combinado aguardiente de caña y cerveza. No recuerdo si tenía diecinueve o veinte años, pero sí que ya tenía cédula y que mi abuela murió muy poco después, creo (Cronos nunca ha querido nada conmigo); y que fue a José, mi primo el doctor asesino —quien había terminado la carrera de medicina y había pedido que lo trasladaran al pueblo para hacer su práctica profesional— a quien le tocó atenderla. Le tocó atenderla y dejarla morir. Hijo de puta. Un gran hijo de puta.

De nuevo me estoy quedando sin cerveza. Sin alcohol a la mano —a la boca, al estómago, para mi hígado— descenderé al infierno de la sobriedad. Debo ir a comprar más municiones etílicas, pero en este momento me da una pereza enorme salir de casa, de esta casa en donde me crio mi abuela y que heredé de ella —allá, en el patio trasero están los tallos de plátano; el viento sopla y los mece—.

Tengo pereza, decía, pero no la suficiente como para no hablar sobre mi padre, porque hablar sobre mi padre es siempre una buena oportunidad para sacar la poca rabia que aún queda en mi corazón, pero también pasa que cuando hablo de ese energúmeno, acabo hablando de mi abuela y de Lola, quien —qué triste— desde hace unos días ya no se me aparece ni para mandarme al carajo por las mierdas de canciones que he compuesto.

Mi abuela y yo vimos a mi papá por última vez el mismo día. Fue la noche en que el cabrón me trajo de regreso después de haber ido a comer pizza. Bueno, lo de ir a comer pizza es un decir. Les cuento: como yo había venido sacando bajas calificaciones en la escuela, mi maestra le recomendó a mi abuela que me hiciese atender por el flamante y recién estrenado psicólogo del pueblo —como se ve, ya iba creciendo nuestro pueblito, ya nos atarugaban de fantasías occidentales, ya nos llegaba Esquizofroid con su horda de farsantes—. Antes de decidirse a hacerle caso a la maestrica, mi abuela le consultó al profesor Luigi —entonces recién graduado y aún no tan viejo ni tan gordo, pero sí mariconazo ya desde aquel tiempo y desde siempre— sobre si era buena idea llevarme al loquero, a lo cual el profe respondió que sí, siempre y cuando el loquero en cuestión fuera de la escuela europea y no de la gringa, por supuesto. Mi abuela entendió y no entendió. (A ver, mis amores: estaba difícil que una mujer que desde muy niña había perdido a su mamá, y que se vio obligada a abandonar la escuela para trabajar como cocinera a tiernas edades, y que después debió cuidar a su padre senil hasta que la muerte se lo llevó, y que se había levantado sola sin ayuda de nadie, y que con el poco dinero que lograra reunir trabajando como una mula había comprado un camioncito y reconstruido su casita, humilde pero bonita y decente, y que había criado a un nieto después de que la madre de este —su hija— muriera en el parto; y que a pesar de los coscorrones y las patadas de la vida de vez en cuando sacaba tiempo para cantar tamborito, y cuya expresión de ánimo favorita era: «Aplómese, ombe» —y que, y que, y que, hasta el infinito—; en fin, estaba difícil que una señora con ese currículum creyera, así de la noche a la mañana, en que un psicologuito nañeco le diera indicaciones y consejos basados en conceptos tan ajenos como «complejo de

Edipo», «complejo de Electra», etc.). Pero mi abuela, aparte de que le tenía aprecio al profesor Luigi y que por consiguiente tomaba en cuenta sus palabras, terminó llevándome a la consulta más por una dosis de hastío y otra de curiosidad que porque pensara que fuera necesario. El psicólogo —después de hacernos a mi abuela y a mí una extensa y aburrida entrevista en la que mencionó en reiteradas ocasiones la palabra «depresión», ante la cual mi abuela puso una cara de «¿Y esa vaina cómo se cocina: frita o asada?»— opinó que era «imperativo» (esa fue la palabrita que usó el muy afeminado psicologuito) que el infante (yo) estrechara «lazos afectivos» con el padre; que el impúber, a pesar de que había contado con una figura maternal de reemplazo (mi abuela-el superyó) después de la muerte de la madre, necesitaba de la figura paterna (mi borracho padre-el ello). Mi abuela puso la cara de cabreo (imaginaba yo) que pudo haber puesto cuando mi abuelo llegó borracho a casa con la osadía de querer abusar de ella; pero mi abuela querida, como me quería mucho, en vez de decirle al doctor que mi padre no servía ni para taco de escopeta, o sea para absolutamente nada, y que se fuera pa'l carajo con sus consejitos, hizo lo posible por contactar al que me había engendrado hacía ya más de una década. Ese día mi abuela regresó a la casa con diez dólares menos en su monedero, el cual, aunque no venga al caso —eso sí lo recuerdo bien— se colocaba bajo el sostén, en la teta izquierda. Después de dos o tres semanas de morderse la lengua y el orgullo varias veces, de darle vueltas al asunto en la madrugada, de freír bastante plátano y matar una pila de pollos, mi abuela decidió localizar al solicitado (el profe Luigi —de nuevo el profe, que también fungía de mensajero— fue el que ayudó a mi abuela a encontrar al engendrador. «Localízame al borracho ese y dile que venga el próximo domingo —a la hora tal y tal—, ni antes ni después, que necesitamos hablar», fue todo lo que dijo mi abuela mientras decapitaba a un pollo o aplastaba una tortilla imaginando, solo por diversión, que era la cabeza de mi abuelo la que rodaba o sus sesos los que quedaban aplastados —a según su ánimo—). Llegó el día del Señor y vino mi señor padre, nervioso, obediente, callado y cabizbajo —carajo, cómo me gusta imaginar que mi padre le temía a mi abuela—. Si dijera que recuerdo bien lo que sentía al aproximarse la hora de la cita, aquel domingo lejano y brumoso, mentiría. Solo recuerdo que había estado jugando en el patio trasero, junto a los tallos de plátano, y que luego, al regresar a la sala, me había quedado escuchando la radio junto a mi abuela, que se mecía en una silla con los ojos cerrados, con la cabeza inclinada y apoyada en una mano. De la radio salía la música de guitarra que a mi abuela siempre le gustaba escuchar. Y yo veía con satisfacción cómo, al momento de ciertos pasajes musicales, el rostro de mi abuela cambiaba. Y de repente se me ocurrió: «Abuela, quiero una guitarra». Ella abrió los ojos, pero no solo por lo que yo había dicho, sino porque en ese preciso momento se escuchó el pito de un carro. Afuera, en la calle frente a la casa, estaba el carro de mi padre. Mi abuela se levantó de la silla, me dio un abrazo —su traje olía a comida y a humo—. Mi padre se bajó del vehículo y llegó hasta la casa alto y mudo y fuerte y tambaleante, con cara de perro apaleado y con un aliento que en ese momento no pude asociar con nada, pero que después, con los años y la experiencia, supe que era un aliento de borracho. Mi abuela no lo mandó a rodar solo para no empeorar las cosas, para que yo no fuera testigo de su furia contenida. Solo dijo: «M'hijo, este es tu papá». Yo me le quedé mirando de lejos. Me gustaría describir su ropa y su rostro, pero no lo recuerdo tampoco. Solo puedo decir que ese que era mi padre (que no se había atrevido a cruzar la puerta y mucho menos a sentarse en la sala) me devolvió la mirada y me estrechó la mano sin decir ni una palabra. Cuando por fin me acerqué a él y puse mi manita en su manota, la apretó suavemente e hizo una mueca que, ahora que lo pienso, pudo haber sido una sonrisa. Mi abuela —imagino yo— habría atestiguado la escena con recelo e instinto protector, porque de inmediato me tomó en su regazo, me apartó del hombre y preguntó: «¿Te interesa tu hijo?». El hombre asintió lentamente, moviendo la cabeza como lo hace un buey cansado. «Entonces ven a verlo el próximo domingo, pero ven buenisano, sin un trago encima. Si no, ni te aparezcas. Tráele un regalito». El buey cansado, callado, se encogió de hombros, abrió las manos y las elevó, luego se las metió a los bolsillos y finalmente hundió la cabeza en el pecho mientras se balanceaba, a punto de caerse. En ese momento mi abuela me mandó a que me fuera a la recámara y yo obedecí, pero yo asomaba mi cabecita desde la puerta, y pude escuchar (y ver) claramente cómo ella le decía a mi padre, enterrándole el dedo índice en el pecho: «Mira, borracho de la ñinga, te voy a dar una sola oportunidad más. Vienes el domingo, sin aliento a guaro, limpio, serenito y bien portao. Ah, y le traes una guitarra al niño. Le gusta la música». Cuando mi abuela mencionó las palabras, «ñinga», ese que era mi padre se sonrió de oreja a oreja, como el que reconoce una vieja voz; y, también, al escuchar «guitarra» y «música», abrió los ojos y por un momento pareció salir de la nebulosa en la que estaba hundido hasta la gorra. Miró alrededor de la sala como buscándome —no se había dado cuenta de que yo, obediente, había entrado a la recámara— y puso los labios de la forma en que uno los pone cuando dice «Oooohh», pero ningún sonido salió de su boca. Luego mi abuela lo espantó como se espanta a un perro garrapatoso («fuchi, fuchi») y mi padre dio la media vuelta y se fue trastabillando hasta el carro, arrancó y se esfumó calle arriba del pueblo. ¿Y la pizza? Ya va.

Sé que debo narrar la segunda visita de mi padre, pero en este momento es imperativo (como dijo el psicólogo) que vaya a buscar más cervezas —porque ya queman las llamas de la sobriedad más pura y serena— y que me tome, además de unos tragos, unos minutitos para hablarles de una imagen poderosísima que en este momento me acompaña.

(Voy a mi noble y fiel refri de la que —en días de bonanza— brotan botellas de cerveza a tutiplén. Estoy de vuelta en mi recámara, felizmente encadenado a la bebedera y chupadera. Afuera todo indica que hay sol, el sol altanero e impiadoso bajo el cual, si no se entierran rápido, los cadáveres se hinchan llenos de calor y luz y explotan dejando un reguero de despojos e historias).

Oquéi, la imagen que me acompaña: aquí a mi lado tengo una revista de National Geographic (ya saben, esa revista tan objetiva y nada parcializada que retrata la realidad del mundo tal y como es a través de fotos hermosísimas de animales exóticos, tribus africanas bailarinas, cordilleras con picos de nieve, amaneceres en medio del desierto, témpanos de hielo y sepa el diablo qué más; tal y como lo hacía el periódico para el que escribí tantos años junto a mi preciosa Esmeralda —claro que sí— por medio de fotos de muertos acribillados a balazos y atropellados con las tripas afuera al lado de fotos de mujeres culonas y tetonas en bikini); en la portada de la National Geographic, pues, revista de cuyos artículos de antropología el profesor Luigi se burlaba una y otra vez, porque, según él, estaban llenos de inexactitudes y por otro lado pasaban por alto descubrimientos importantes hechos por antropólogos latinoamericanos, como él («¿Qué descubrimientos son esos, profe?», le preguntaba yo, y él me respondía: «¿Es que acaso no me crees?», como si mi pregunta no fuese eso, una pregunta, y en vez de ello hubiera sido formulada porque ponía en duda lo que el profe argumentaba, «Ya te mostraré cuando sepas leer bien en español»); decía que en la portada de la Geográfica Nacional (ahí le va en castellano castizo, profe) aparece la foto de una enorme jarra de cerveza y sobre ella, en letras blancas, la palabra

ALCOHOL

y más abajo, como subtítulo: «Un romance que ha durado 9000 años». Y (sin importarme la opinión de mi queridísimo profe Luigi) leo las maravillosas palabras introductorias del autor del reportaje, un tal Andrew Curry (que de seguro debe ser un borracho perdido, poeta o músico roquero, o lo que sea, que, total, da lo mismo): «El alcohol no es solo una bebida que afecta la mente, también ha sido un importante motor cultural desde el origen de la humanidad y ha impulsado el desarrollo de las artes, el lenguaje y la religión». El artículo también habla de que en Alemania existe no sé qué laboratorio en donde un alemán, seguro que tan panzón como Jim y como yo, trata de elaborar cervezas de sabores exóticos y no sé qué mierda más, y todo suena tan delicioso y espumante y espumoroso y feliz y además limpio y ordenado y blanco, porque es Alemania, que me dan ganas de irme del pueblo, de renunciar a la idea de morirme aquí solo en esta casa, de echarle ganas y largarme directo a Bavaria y de paso dar una vueltecita por la República Checa y ver si encuentro a la checa para pasarme unos días con ella, y si no la encuentro pasarla con alguna de sus dobles (porque seguro que tiene muchas gemelas igualitas a ella por allá), y luego beber y beber hasta que me explote el hígado en medio de algún bosque de clima templado, o caminando sobre la nieve, a lo Robert Walser, solo que hasta la guacha y cogío en el hipo, desde luego; y se me sale una lagrimita ebria, porque sé que no haré nada de eso, que me quedaré aquí en este chiquero, este corral de puercos en el que vivo. La palabra «chiquero» me recuerda que debo echarles la cinta de la segunda visita de mi padre, papá, engendrador, dador de vida y muerte.

A los siete días se apareció el mentao, pero no solo con el regalito —la guitarra de madera metida en una caja de cartón parecía la miniatura de los ataúdes en donde años después introdujeron sucesivamente los cuerpos muertos de mi abuela, Esmeralda, Lola y el profesor Luigi—; mi padre venía en compañía de dos criaturas que serían, para bien y para mal, importantes en mi vida por el resto de mis días —si son lectores despiertos, avispados, abusados, ya deberían saber a quiénes me refiero—. ¿Y la pizza? He dicho que ya va. Paciencia.

Puta madre, no hay más cervezas. A buena hora se le ocurre a la refri traicionarme, justo cuando le estaba dando platillo y bombo a la cabrona. Necesito alcohol para poder seguir colocando palabras una delante de la otra en esta pantalla de computadora —esta compu me la compré hace unos años, con el propósito de aprender a usar sus avanzados programas de grabación de música. Me iba a comprar un micrófono tal y una tarjeta de sonido de marca bla bla bla para grabar mis canciones, pero en vez de ello compré mucho alcohol y me conformé con seguir grabando mis composiciones en la pequeña grabadora de reportero que una vez me regaló Esmeralda en caso de que se me ocurriese entrevistar a alguien para las columnas, y que era del año de ñaúpa—. La vaina es que si no me bebo un trago ya, deberé detenerme. Estoy rodeado de llamas. Es el infierno de la lucidez. El Diablo/sobrio me acosa con sus cuernos, en cuyas puntas está el veneno de la realidad: el paso del tiempo, las horas. El dolor. La sangre que salió de la boca de mi abuela. La sangre. Mi sangre: hay muy poco alcohol en ella. Me conviene cruzar la calle y comprar cervezas en el quiosco de aquí enfrente.

Estoy de vuelta del quiosco (primera vez que salgo en ya no sé qué tanto tiempo y el hijo de su concha madre sol casi me finiquita).

Pero lo bueno es que estoy borracho, por eso lo veo todo muy claro. Aquí voy: Lola y José son las dos criaturas que acompañan a mi padre. Mientras mi abuela alimenta a las gallinas y corta plátanos en el patio trasero, y mi padre, al parecer sobrio, duerme una siesta soporosa dentro del carro (¿desciende a su propio infierno de sobriedad?), yo me pongo a jugar con mis recién estrenados primos. Esa misma tarde conozco el amor y el odio. Me enamoro locamente de Lola cuando me dice que la guitarra me luce bien, y odio con furia a José por decir que mi abuela huele feo (que huele a sangre de pollo y a tierra), que la casa es una caja de fósforos y que está jórribol, o sea horrible, y que de a vaina cabemos mi abuela y yo en ella. Se burla de los muebles de madera vieja, de las decoraciones de mi abuela, de la radio de transistores, del techo de zinc sin cielo raso, de las ventanas ornamentales, del piso aún sin baldosas. (Antes he dicho que mi abuela había reconstruido la casa, y no les pegué mentira, ya que antes era de barro y con techos de tejas, y qué avance era para ella tener esta casita de cemento que no se sacudía al menor vientecito). José dice que la casita en que vivimos mi abuela y yo es un pistái, o al menos eso es lo que entiendo cuando lo dice: «Pistái». Un chiquero, me traduce. Le digo a mi abuela que quiero aprender inglés, que me compre algunos libros. Pigsty es la primera palabra que aprendo a decir. Chiquero. «Buena idea», dice mi abuela, «compremos puercos». Mi abuela compra cerdos y empieza a hacer chorizas y a venderlas. Hace comilonas para grandes familias y hasta le pagan algo extra si canta tamborito. Gracias, primo José, te lo debemos todo. Ya viene lo de la pizza, me cago en la hostia.

# VII

—¿Por qué, después de un aguacero cabrón, aparece un arcoíris?

—Ah, es porque la luz se difracta en las gotas que...

—Sí, sí, pero ¿por qué?

—Bueno, te decía, porque...

—Ya, olvídalo; aquí te va otra: ¿por qué, exactamente por qué, a veces cuando te sirven una botella de cerveza excesivamente fría el líquido se congela apenas una la voltea?

—Porque las moléculas se...

—No, no, no, no; no me vengas con esas mamadas; dime por qué por qué, por qué de verdad; mira, mejor apáñate esta: ¿por qué no conozco a ninguno de los hermanos de mi padre?; es decir, ¿por qué no conozco a los padres de José y Lola?

—Chale, ahí sí que no te puedo decir nada.

—¿Ves?, la vida es extraña; aquí va otra más fácil: ¿por qué México se escribe con «x»?

—Ah, chingá, esta es sencillísima; mira, en el siglo...

—Sí, pero ¿por qué?, ¿quién decidió que la «x» se dibujara de esa manera: dos rayitas diagonales, una bajando de izquierda a derecha y la otra de derecha a izquierda, que se cruzan en su centro? ¿Ves? Nada es tan sencillo. Aguas, agarra esta, carnal: ¿por qué los padres de Lola y José, hermanos de mi padre, mis supuestos tíos, a los que no conozco ni de nombre, repito, dejan que mi padre los lleve consigo a donde mi abuela, sabiendo lo irresponsable y borracho que es?; eso está raro, ¿no crees?

—Pos, sí, güey.

—Eso mijmito pensé yo, querido amigo imaginario con acento mexicano, eso mero mero pensó este servilleta, y eso remismo le pregunté a mi abuela una vez y me respondió como a destiempo: «¡Lola y José son tus primos y ya no se hable más!». Fue una de las pocas veces que mi abuela me gritó con la voz retacada de truenos y relámpagos, y con esos truenos y relámpagos (aguanta ahí: lo de truenos y relámpagos me hace pensar, así medio jamesjoicianamente, en una discoteca ambulante que se llamaba, justamente, Truenos y Relámpagos, que, cuando ya el tamborito y otras manifestaciones folclóricas estaban en decadencia, iba por los puebluchos amenizando —para no decir escandalizando— fiestas populares, y cuya música de mierda —pop, regué, merengue, bachata— mi abuela alcanzó a escuchar y detestar con toda su alma); bueno, retomando el hilo, quería decir que con esos truenos y relámpagos entendí de inmediato lo que mi abuela me estaba dando a entender; y entendí; y ya; no se habló más de ello y yo no pienso hablarlo aquí; así que: amada prima Lola, odiado primo José; por cierto, hace tiempo vi una película italiana de Luchino Visconti llamada *Vaghe stelle dell'Orsa*, que se traduce como *Hermosas estrellas de la Osa*; es linda, una de las pocas películas de la historia del cine que rescato (aunque todo el mundo dice que esa es una obra menor de Visconti); te la recomiendo, carnalito.

—A güevo, carnal, gracias.

—De nadezcas, no me lo agradezcas.

Nueve mil años de chupadera ininterrumpida. En China (¿dónde, si no?) fue que, según el artículo de la Natyío, apareció el guaro hecho por mano humana por primera vez (por otro lado se aclara que el hombre ya consumía frutos fermentados desde la prehistoria). Más adelantico, en un mapa bien bonito hay una flecha dibujada sobre el istmo de Panamá y que apunta hacia Mesoamérica, donde hoy se encuentra Honduras, en dirección a Guatemala y México lindo y querido y pedo. Encima de la flecha dice: «4000 a. C.». Así que cuatro mil, más majomeno dos mil, son seis mil. Nos ganaron por tres mil los chinos. Yo solo sé que a mí me parece que bebo desde hace miles y miles de años, tantos años que a veces creo que fui yo el que inventó el guaro y que el profe tiene razón al decir que la National Geographic omite información importante en sus artículos, pues no me mencionan por ningún lado. En fin.

La vaina es que ya estoy en tono para narrar el episodio en el que vi a mi padre por última vez, es decir, estoy hasta la remergolleta y aquí va la vaina: «Pizza», dije yo. «¿Pizza?», preguntó mi abuela. «Sí, pizza», dije. Eso es lo que quería comer. Había escuchado un anuncio de radio en el cual mencionaban un restaurante italiano en donde servían pastas (al principio pensé que de dientes) y pizzas, y me quedé antojado, pues hablaban de queso y pepperoni y masa delgadita y calientita con salsa de tomate natural y toda la parafernalia de la que, si somos legales, yo no entendía ni papa. La vaina es que es aquí donde se escucha, a lo guion cinematográfico, la voz de mi abuela en *off*: «Profe Luigi, a ver, dígale al borracho que venga a recoger a su hijo este domingo, que el chiquillo quiere ir a comer pizza —ya debe estar hasta la "jo y mierda" de comer pollo, plátanos y chorizas—; y que no se traiga al José, ese mierdita es un grosero, chiquillo pa malcriao, ve; que venga, si quiere, con Lola, o mejor que venga solo, que se siente a echar cuento y a comer con su hijo pa que se conozcan de verdad, que agradezca que le estamos dando esa gabela, y que ni se le ocurra llegar aquí bajo los efectos del alcohol —ya él lo sabe— si no quiere terminar con la cabeza partía por la mitá».

Bueno, lo cierto es que ahora sé por qué temblaba y sudaba mi padre; ahora sé por qué, cada vez que de camino a la pizzería pasábamos por una cantina (es lo que más hay en mi provincia), se ponía nervioso y tragaba saliva; ahora sé por qué permaneció, grande y lejano, con los ojos puestos en la carretera, apretando el volante con ambas manos sin dirigirme ni una sola mirada, ni una sola palabra; ahora sé (aunque me duele reconocerlo) por qué, cuando llegamos a la pizzería, mi padre me hizo señas de que yo no me bajara, que me quedara esperándolo sentadito y calladito y bien vestidito dentro del carro, y por qué se metió al restaurante y luego salió a fumar en el balcón sin regresar para conversar conmigo o invitarme a ocupar alguna mesa; ahora sé por qué, tras unos quince o veinte minutos, que debieron de ser para él una eternidad tortuosa, caminó con tanta prisa hacia el carro una vez que un mesero le pasó, metida en una caja de cartón chata (otro ataúd) la pizza tamaño familiar que había ordenado; ahora sé por qué me la puso en el regazo y en el acto arrancó la máquina desesperado y condujo a toda velocidad hacia la casa de mi abuela; ahora sé por qué me dijo con tanta premura: «Compártelo con tu abuela y tus amiguitos» (lo único y lo último que le escuché decir), lo cual significaba: «Bájate del carro, que tengo que irme ya mismo» (a lo lejos se escuchaba la música de la cantina, y las orejas de mi padre se movían como las de los venados en el bosque); ahora entiendo, ahora comprendo, ahora puedo sentirlo. Soy como mi padre, solo que no tengo hijos. También ahora recuerdo cómo mi abuela tuvo que contener las lágrimas y fingir que no se le partía el corazón al verme entrar a la casa con la pizza intacta dentro de la caja de cartón; y solo ahora alcanzo a comprender sus lágrimas, pues en ese momento a mí lo único que me importaba era poder compartir la pizza con mi abuela. Más tarde hubo eructos. Y vino la noche. Y hubo silencio. Y hubo rabia. La rabia no era mía. La rabia manaba como un río de metal desde la cama de mi abuela, quien se incorporó en la penumbra con la cabeza gacha, musitando para sí misma palabras incompresibles para mí. Un río de metal era su balbuceo. Metal, hierro, como un machete. Y con ese recuerdo luminoso en la memoria quise decirle y preguntarle tantas cosas años después a mi abuela. Quise preguntarle sobre mi madre, de la que apenas me hablaba, de la que apenas había fotos en casa; quise preguntarle de nuevo sobre José y Lola (aunque se enojara); quise preguntarle por qué nunca había intentado casarse con otro hombre (que admiradores rondando siempre hubo, sobre todo en esas noches de tamborito y canto); quise preguntarle, sobre todo, si era verdad que había matado a mi abuelo y que lo había enterrado al pie de los tallos de plátanos, como decían en el pueblo, y si de paso había hecho lo mismo con mi padre, quien había desaparecido sin dejar rastro después del incidente de la pizza (qué visión más hermosa era la de mi abuelo y mi padre allí juntitos bajo tierra); quise preguntarle, preguntarle y preguntarle; pero sobre todo quise pedirle que me perdonara por haberme convertido en un borracho y quise decirle que la adoraba. Quise escribirle y cantarle canciones. Quise. Quise. Quise. Pero no nos alcanzó el tiempo. Antes, vino la sangre. La sangre que brotó de las entrañas de mi abuela.

Una vez vi un documental en el que se decía que el blanco es un color ominoso para algunas culturas indígenas: el color blanco es la nada; es decir, la muerte, el augurio —níveo, inmaculado— de la muerte. Las paredes blancas del hospital es lo que viene a mi memoria fervorosa y rencorosa en la que a veces vuela una mariposa roja, roja como la sangre (una sangre con alas): blanco cerrado como una tormenta de nieve; manchas rojas sobre el blanco. La muerte, la muerte es blanca. La culpa es roja. Había estado metiéndole al vidrio desde las cinco de la tarde, más o menos. Para ese tiempo ya era oficial que yo era como mi padre y que mi abuela estaba decepcionada de mí y que solo era cuestión de tiempo para que se muriera de cabanga por ver a su nieto perdido en las manoplas del alcohol.

Durante años el cine y la televisión nos hicieron creer a muchos de nosotros que la gente hablaba de la siguiente manera al momento de morir: «Hijo... Querido hijo... quiero decirte, antes de morir...» (música dramatoide de fondo). «Antes de exhalar mi último aliento... Es... nece... nece... necesario que... sepas... dónde... dejé el dinero» (lágrimas, llantos, rostros afectados). «Te voy a decir la... ver... dad... la verdad sobre tu ori... ori... origen» (primerísimos planos y planos de detalle). Mentira. Mierda. Mierda de toro, es decir bullshit. Por eso y por muchas cosas más odio la gran mayoría de las producciones cinematográficas y televisivas de la historia (la película de Visconti, como ya le dije a mi amigo imaginario de acento mexicano, es una de las pocas excepciones). La cruda realidad es que cuando una persona se está muriendo, cuando está agonizando —estirando la pata, pateando el balde, petateándose, pelando el bollo— no puede decir ni peo; o, al menos, mi abuela no pudo decir ni siquiera: «M'hijo, eres un borracho igualito que tu papá» (bueno, tampoco había necesidad, pues eso me lo dijo desde el primer día que llegué borracho a casa después de que acepté que lo de Lola era imposible por aquella palabrita que me resonó en la cabeza por muchos años: «incesto». Incesto. Incesto. Incesto. Incesto, como si mi cabeza fuera una inmensa galera de metal vacía).

No pudo decir mucho con la boca mi abuela, digo, pero sí con la mirada. ¡Ajá!

Sigo.

Fue —quién más— el profe Luigi quien me buscó en la cantina para avisarme que mi abuela estaba mal. Sí, fue él el que fue. Y lo siguiente ocurrió como en una secuencia rápida estilo Guy Ritchie en alguna parte de su película Snatch, es decir: 1. Último trago. Culo de la botella sobre la barra, o sea: «¡pam!». 2. Yo junto al profe

Luigi en el camioncito heredado de mi abuela llegando al estacionamiento del hospital. 3. Yo, ya sobrio e infernal, bajando del camioncito en dirección a la puerta de urgencias (el profe Luigi detrás de mí tratando de alcanzarme, arrastrando sus lonjas con el pulso acelerado). 4. Yo empujando puertas y esquivando enfermeras y mandando al carajo a todo el mundo; el profe Luigi invitándome a calmarme y disculpándose con el personal del hospital. «Interior: Hospital blanco-muerte. Noche», diría el puto guion.

Me había metido a la fuerza y con aliento alcohólico al cuarto en donde tenían a mi abuela toda emparapetada cuando vi a los médicos correr y dar la voz de alarma (entre ellos iba José, que en ese momento de la historia y los sucesos era internista, o internisto —aquí sí que va el «todos y todas» a continuación— como todos y todas los y las culicagados y culicagadas e imberbos e imberbas, arrogantos y arrogantas con cara de «No sabemos un coño, pero precisamente son estos muertitos de rutina en pueblos chicos y abandonados de la mano de Dios los que nos darán el carácter y experiencia necesarios para situaciones que se nos presenten en el futuro y que harán de nosotros doctoros y docvacas profesionalos y profesionalas maduros y maduras»).

El verbo «patalear» es un verbo horrible en español. Es feo en sí mismo. PA... TA... LE... AR. Pata-lear. Los seres humanos, en español, en castellano —vamos, que hasta en argentino y uruguayo— no tenemos patas, sino piernas; sin embargo, pataleamos y pateamos. ¿Por qué no «piernamos»? (aunque, todo hay que decirlo, el vulgo, el barrio, la *vox populi*, ha inventado la maravilla aquella de «dormir empiernado/empiernao», que viene a ser «dormir enverijado/enverijao», que no quiere decir otra cosa que dormir acompañao, usualmente colocando una pierna encima del cuerpo del que uno está amarruchao (cómo me gustaba que mi chilangabanda pusiera su pierna corta y regordeta sobre mi panza cervecera en nuestras noches defeñas). En fin.

Yo estaba parado a un par de metros detrás de los doctores, que ya habían dejado de insistir en que saliera del cuarto (el profesor Luigi, más obediente y sumiso y anfibio a la hora de los mameyes, se había quedado en el pasillo); y la vaina es que mi abuela pataleaba. Mi abuela, la fuerte, la machetera, la cariñosa, la que decía «jo» y «mierda» y mataba pollos, la que cocinaba con amor, la que mandó al carajo a mi abuelo por abusador y borracho y que, según las malas/buenas lenguas, posteriormente hizo con él lo que ya sabemos (ojalá sea cierto), la que puso en su sitio a mi padre después de que hiciera la gracia aquella del día de la pizza y que Dios quiera haya tenido un destino similar al de mi abuelo, la que era todo un ejemplo de lucha y temple, la que no se andaba con ahuevazones para mandar al carajo a todo aquel que le faltara el respeto y quien a la vez era capaz de cortarse un brazo y sacarse un ojo por unos cuantos amigos fieles; mi abuela, la alegre cantora de tamboritos, la de sonrisa genuina y la de —aunque fueron pocas e infrecuentes— lágrimas gruesas y silenciosas; mi abuela la fiel, la correcta pero no por eso moralista, religiosa y comemierda; mi abuela, la que pareciera que hubiera vivido cada uno de sus días bajo el lema «Nunca permitas que tu sentido de la moral te impida hacer lo correcto», palabras de Isaac Asimov, escritor que jamás conoció, como no conoció a ninguno —y ni falta que le hizo—; esa, mi abuela, al final, frente a la pelona, pataleaba; pataleaba y pataleaba, como cuando alguna vez de niña fue a la quebrada del pueblo con su padre; pataleaba y escupía sangre por la boca. La camilla crujía. Los doctores la sostenían. Las batas y las paredes se llenaban de puntitos rojos. El blanco: la muerte. El rojo: la culpa. Pero no era la culpa de mi abuela. Ella no conocía eso. No tenía por qué conocerla. Aunque me hubiese ocultado un par de cosillas para ahorrarme pesadillas, a mano con la vida y con la muerte vivió todos sus años. La culpa la tomé para mí y la convertí —aún más— en guaro y canciones malas. Justo antes de quedarse quieta para siempre, mi abuela giró la cabeza para mirarme. Y en su mirada hubo paz en medio del salpicar de sangre. Hubo sosiego. Entendí. Cerré los ojos. De inmediato se esfumó el hospital con sus doctores; se esfumó el blanco nosocomial con sus gritos y su crueldad y su olor a antibióticos, y desapareció el bermejo con su cáncer y entrañas reventadas. Y en mi mente apareció mi abuela corriendo hacia el árbol de mango («Venga, m'hija»). Por vez primera estuve seguro de algo: «Hoy, finalmente, mi abuela conocerá el rostro de su madre». También pensé: «A mí, por jueputa, no me esperará nadie del otro lado de la muerte».

# VIII

Lo primero es esto: «"¿Cuánto tiempo es para siempre?". "A veces, solo un segundo"». Hartísimo conocido ese diálogo. Es Alicia la que pregunta y el conejo el que responde. Lo escribió Luisito Corrales, mejor conocido como Lewis Caroll, en esa maravilla de libro llamado *Alicia en el País de las Preguntas*, o *Alicia en el País de los Asombros*, o *Alicia en Sorpresilandia*, o incluso *Alicia en Portentolandia* (me van a disculpar, pero *Alicia en el País de las Maravillas* es una pésima traducción de *Alice in Wonderland*).

La cosa es que el amigo mexicano, el enjuto Foncho, lo más seguro es que lo había leído y sabía lo que quería decir el juego de palabras sobre el «para siempre» y el «a veces un segundo» y toda la vaina. Vaya si lo sabía y lo confirmó junto a la gorda; porque al treparse en ella, al internarse en ella, al perderse en ella, al extraviarse en ella, al asfixiarse en ella, al ensebarse en ella, al quedar aplastado debajo de ella, al quedar inserto como un palillo sobre su mole de carne movediza, el gozo (gustazo) duró precisamente un segundo (vamos, que ni siquiera un segundo) y sin embargo fue para toda la eternidad (o un poco más); y él, mejicanista defeño y latinoamericano y dueño y señor del «al ratito» y del «ahorita» y del «ya estás» y del «a güevo» y del «ando en chinga», se sintió cómodo y orondo en semejantes términos cronológicos, por lo cual lo pasó de pedo y rechido.

Lo segundo es esto otro: nuestra gorda (amor pasajero y ballenero de Foncho; amiga mía de la infancia con la que jamás me acosté por razones obvias para mí, pero no tan obvias para Foncho), no cantaba boleros cabrerainfantemente —como aquella otra gorda que aparece en la novela del cubano que bailó chachachá en

Londres hasta el final de su vida cinéfila y misócastra— pero sí que recitaba poemas hermosos con sus perniles boteranos colgándole por todos lados.

El asunto es que Foncho no conoció ni las playas del Pacífico ni el Canal ni las palmeras ni las cantinas ni las gallinas ni al profe Luigi ni a Carmencita ni el cementerio ni el estadio de beisbol ni a los gays ni las ruinas de Panamá la Vieja ni absolutamente nada que no fuera el cuarto lleno de libros de la gorda que lo envolvió en su verso y sus mantecas después de que estuvieran comunicándose por internet durante semanas desde el momento en que se me ocurriera mencionarle a Foncho, cuando estábamos bebiendo en esa cantina del Zócalo, que en mi pueblo había una gorda que a lo mejor él podía ayudar a adelgazar un par de libritas. Agarro aire. Pero ni Foncho engordó ni la gorda desengordó, todo fue un ir y venir de poemas y gozos segunderos e imperecederos en los que la gorda fue feliz por más o menos una semana hasta que Foncho se cansó y se fue sin despedirse y para nunca más volver a este país que ni es de Centroamérica ni de Sudamérica, sino una cosa aparte y muy rara. Me bebo un trago.

Nunca he sabido más de la gorda ni de Foncho.

Imagino que Foncho habrá enflaquecido hasta desparecer (siempre pienso en algún personaje castanediano cuando hablo de Foncho. Lo veo como en la cima de una montaña de la sierra mexicana, jipi hasta el tuétano, mirando el horizonte lleno de sol, buscando hongos y hierbas). Por otro lado, a la gorda, tal vez, se le fue inflando el cuerpo (aún más) de tristeza y de nostalgia al verse abandonada. Finalmente, como toda poeta que se respete, habrá reventado de melancolía y desconsuelo con una sonrisa de felicidad en el rostro. Sonreiré de la misma forma cuando sea mi hígado el que reviente. ¡Pum!

Lola, cangrejita mía, estoy borracho, borrachiiiiiito; y allá afuera, allá arriba, brilla que brilla, quema que quema, está el sol; el mismo sol que caía sobre tu pelo ese día de playa, Lola.

*Corazón latiente*, o *Late corazón* o *Mi corazón late por ti*, o una mierda parecida, fue la última cancioncita que me dio regalías; pocas, pero las suficientes para irme a criar panza a esa cantinita que descubrí al fondo de los arrabales. Los arrabales estaban cruzando la quebrada, y al pie de la quebrada se levantaba la casita que Esmeralda estuvo construyendo durante años y a la que, una de las veces que vino a visitarme al campo, me llevó para que yo se lo dejara ir hasta el fondo mientras, como de costumbre, me insultaba rabiosa, cariñosa y ternurosamente en medio de la fachada a medio hacer —había que variar un poco lo del *push*, claro—.

¿Está Esmeralda contigo ahora, Lola? ¿Está allá donde todo se vuelve más o menos nada, desde donde tú a veces me hablas desgarradoramente? ¿Por qué la Esmeralda nunca me manda mensajes? Dile, primita, que no sea cabrona y que me hable aunque solo sea para mandarme a la verga. ¿Murieron de lo mismo la Esmeralda y tú? ¿Negligencia médica una vez más? Prima, te contaré sobre Esmeralda. Mira, te digo: la Esmeraldilla (que brilla que brilla) toda la vida trabajó en ese periódico de mierda y aceptó un sueldo de mierda con jefes de mierda, con el único objetivo de venirse algún día al campo; porque la Esmeralda, como bien podrás recordar, era de aquí, de nuestro pueblo, nuestro pueblo cagado de moscas y oloroso (de vez en cuando y sobre todo en invierno) a porqueriza y a excremento de vaca (de vacas flacas), pero nuestro pueblo al fin («Nuestro vino es amargo, pero es nuestro vino», no dijo ningún cubano; pero, igual, qué bonito); y ya le faltaba poco a la Esmeralda de mis amores y de mis revolcones para decidirse a mandar todo a la verga (a tomar por culo, a la chingada, a la hostia), para cumplir su sueño, cuando (ay, cabrones pájaros demoníacos del destino) le diagnostican cáncer de cérvix. Yo nunca le sentí nada allí dentro, primita, lo juro, no había cangrejo dentro de ella. Y que los doctores la secuestran y no la dejan morirse en la casita que tenía al lado de la quebrada donde, como ya dije antes, se la dejé ir hasta el fondo del fondo («Hay un mar dentro del mar», dice un poeta panameño cuyo nombre recuerdo pero no diré —oquéi, se llama Manuel Orestes Nieto—). Criminales son los doctores morfinófilos, morfinólogos, morfinistas (morfina para aquí, morfina para allá). Y se murió la Esmeralda en el hospital oncológico de la ciudad de Panamá. El oncológico: ese hospital que es como un ogro gigante, lleno de verrugas, tumorcillos, granos, de lengua podrida y panza velluda (nada que ver con la panza de nuestro querido Jim, poeta largartoide). El oncológico: un ogro gigante que devora enfermos y se los traga y deja que se fermenten en su estómago para luego expulsarlos por el hueco del culo, chamuscados, negros, flacos, chupados como cáscaras de ratas negras; allí murió Esmeralda, dentro de esa cloaca fría y oscura, envuelta en un hedor como de carne podrida. Carne podrida. A eso olió su cuerpo incluso antes de convertirse (no tan plácidamente) en cadáver. Y lo triste, Lola, lo tristísimo (más triste que el poema de una niña que se muere el día de su primera comunión) es que ella, Esmeralda, a pesar de los barrancos de morfina que le suministraron, podía olerse a sí misma. Podía sentir su hedor. Y es que la Esmeralda, por más cochina que fuera en la cama (cuando el sexo), era toda una dama, una delicada (una *delicatessen*), una mujer con una nariz muy sensible, vamos, una nariz pipirisnáis, una nariz de «Oye, mani, qué regia» que los maricones de la cantina habrían querido para sí, para oler (y detectar) anos y testículos peligrosos, claro está. Recuerdo que la Esmeralda me decía, con esa voz de yegua salvaje: «Te lavas esa verga si quieres que te la chupe; es más, te cepillas esa boca antes de atreverte a pasar tu lengua por mi coño». Yo quisiera poder describir el sufrimiento de la Esmeralda, Lola, pero es tan difícil, no porque me duela demasiado repasar su muerte —que debería dolerme más— sino porque la vida es inabarcable y hay un vértigo y una felicidad, un miedo que es guitarra —como ya he dicho, creo—, un miedo que se transforma en cangrejo —como también he dicho, creo—, el cangrejo que sentí en ti, pero que nunca sentí en la Esmeralda, y que terminó por enviarla a la tumba, una tumba ubicada en un cementerio de ciudad, allá en la ciudad, esa ciudad que siempre odió con toda la fuerza de su clítoris hinchado que tanto mordí por órdenes de ella (con la boca recién cepillada y enjuagada con Listerine, pero aún con un gustillo a cervecita pilsner mezclado con el sabor a menta del enjuague). Se murió, se murió la Esmeralda, Lola, se murió intentando concentrarse, a pesar del hedor a carne podrida, en los amaneceres de nuestra tierra, en el pozo de agua que había al lado de la quebrada, en el campito de beisbol, en la loma desde cuya cima se veía el mar, en los árboles de mango, en los tallos de plátanos, en las vacas flacas, en su casita que estaba llena de puertas y ventanas para que se paseara el viento; un sueño rumoroso y lleno de claveles. Pero el hedor. El hedor a carne podrida pudo más que el sueño. El hedor acabó con el sueño. Se murió Esmeralda. Se murió sin sueño. Hedionda. Se murió. Ya lo sabes, Lola. ¿Hiede la Esmeralda allá? ¿Se le fue el hedor a carne podrida a Esmeralda, Lola? Dime. Quiero saber. Lola, no te enojes, pero tu muerte no podré narrarla porque no me alcanza el corazón latiente. Nuestro vino es amargo. El coño de Esmeralda: cerveza, menta.

Sé que cuando hable sobre la muerte del profesor Luigi Moreno pareceré un narrador omnisciente —y que eso puede joder la novela— pero es que, se los juro, la purita, que el profe, cuando se me apareció en sueños y hablamos, me contó todo (sin necesidad de que fuera con lujo de detalles)... Pero, aguanta, además (dime que te diré), qué chucha me importa a mí una soberanísima y vergaja hostia que se joda la novela; si esto no es una novela —compañeros, camaradas—, maldito aquel que piense que esto es una novela. Bueno, la vaina es que al profe, por jartón (que no por maricón, aunque rime), al intentar levantarse del sillón en donde leía a Marvin Harris (en el inglés original; ay, profe, se supo) para ir a la cocina, atragantado de noche y sintiéndose carajudo y chacarudo como un reptil gordo jimmorrisoniano, le dio un infarto de esos que solo saben describir en la prensa escrita y televisiva como «fulminante», pero que no lo fulminó; pero, eso sí, que fue como un golpe mandado por los dioses homofóbicos directo al corazón del profe, y que lo dejó pataleando un rato sobre el piso de la sala de su casa y que provocó, después de dos o tres peos que al principio se escucharon inofensivos (y festivos), que se orinara y se cagara en los pantalones. El profe no tuvo ni chance —digo, «oportunidad», *sorry*, profe; digo, «lo siento», profe; *shit*, puta madre—; mierda, que el profe no pudo ni siquiera gritar por ayuda, o más bien gritar, como a él le hubiese gustado, «Me cago en los gringos» (y gringas, para ser igualitarios, siempre). La suerte es que una testigo de Jehová (testigo de qué, vaya usted a saber) que pasaba a la mañana siguiente por la casa del profe para ver si lo convencía de abrazar a Dios (porecita) sintió el olor a orines y mierda y puso el grito en el cielo (se convirtió entonces en testigo de Luigi Moreno, Antropólogo Maricón), y de inmediato fue el escándalo y el trepaquesube y el arrozconmango, expresiones que vienen a resumir lo engorroso (faena llena de espinas como las que le pusieron a Jesucristo para crucificarlo) que fue reunir un puñado de gente que cargara el cuerpo hipopotámico del profesor Luigi para subirlo a la ambulancia en medio del penetrante a olor a mierda y pis (caca ilustre, orina célebre, hay que decirlo). No viene al caso, pero, así como hay que echarle pimienta al perro (según una publicidad lamentable que se escucha por ahí), hay que echarles pimienta a algunas anécdotas. Quiero decir que el profe llegó, de milagro, vivo al hospital del pueblo vecino, pues solo en el pueblo vecino tenían un hospital con el equipo y personal necesarios para salvarle la vida, pero resultó que el milagro y el afán realmente fueron una cagadota elefantística, pues los dos doctores a los que les tocó (en gracia) atender al profe eran, ambos (*fuck me in the ass*) gringos. Todo lo anterior me lo contó el profe Luigi fantasmagórico, digamos que juanrulfianamente, pero es aquí donde viene lo emocionante: las cosas de las que, mientras agonizaba a merced de los doctores gringos, se lamentó y arrepintió el profe Luigi y que me contó no tan al detalle como Homero describe el escudo de Aquiles, pero bastante bien para un fantasma borroso como juma de cacique —traducción de «juma de cacique» al mexicano: «peda de jefe indio»—. Hablamos durante horas el profe y este servilleta (yo mismo, yo mero) cuando se me apareció en sueños. (*Cuando te me apareciste en sueños* puede ser una canción para el profe Luigi —«¡No!», dice Lola—). Lo primero y lo más súper primordial —lo más trascendente en el mundo mundial y planetario— que me desembuchó el fantasma del profe Luigi Moreno fue que una vez había dejado a una novia vestida y alborotada, no en el altar, pero casi. «Pero, profe, si usted sabía que era maricón, ¿para qué se compromete con una mujer, ombe?, no sea tan *son of a bitch*», lo interrumpí yo. «¡A mí insúltame en español, carajo!», ripostó —al profe lo que más le molestaba no era tanto que yo lo insultara en el idioma del enemigo, sino que, aunque no lo quisiera, no tenía más remedio que aceptar que entendía ese idioma—. El profe me siguió contando que había conocido a esta mujer —cuyo nombre nunca dijo, pero que yo siempre supe quién fue, y sí, sí, se los diré al final, aunque si no tuvieran el dedo metido en el culo ya sabrían quién es— justo cuando se graduó de la universidad y empezó el calvario de tratar de conseguir trabajo con sus credenciales de licenciatura en Antropología. Hmm. (A ver, la verdad la vida es corta y quiero irme a la playa, que ya va a amanecer, así que les digo. A ver, zopencos, es Carmencita, la borrachita, y no otra, la mujer a la que dejó plantada el profe Luigi Moreno, no en el altar, pero casi. La culpa de que Carmencita se haya vuelto una borracha fue —ergo— del profesor Luigi Moreno. De nadie más). «Me asustaba, me daba miedo, me atemorizaba, se me hacía un nudo en la garganta, me causaba desasosiego», me dijo sinónimamente el fantasma del profe (y yo queriendo que hubiera agregado estas tres frases: «Me daba ñáñara», «me daba culillo», «se me abría y me volvía a cerrar —como una galaxia oscura— el mismo hueco de mi culo virgen»). ¿Lo mató la culpa al profe Luigi? No lo sé. No me dijo. Pero, digo, no hay que ser Esquizofroid para inventarnos que probablemente sí, ¿no? En todo caso, yo quiero pensar que no. Lo que sí sé es que el profe se enteró de cuando yo bailé lolamente con Carmencita, y, como el profe no estaba en mi cabeza y no podía ver que con la que yo estaba bailando era con Lola, se sintió medio raro cuando le chismosearon lo de la meneada. ¿Raro? ¿Se sintió raro? «Raro», fue la palabra que el espectro de una eminencia como el profe Luigi usó. ¿Por qué? Porque cuando los fantasmas lloran, no hay lugar para la grandilocuencia, porque cuando lloran espectralmente se quedan sin palabras. El profe Luigi terminó de petatearse en horas oscuras (era de noche, quiero decir) y su cuerpo fue trasladado de inmediato a la morgue. Allí le hicieron la autopsia correspondiente. Le sacaron el corazón hinchado (un sapo afeminado) y lo pusieron dentro de un frasco con líquido de color rosado (¡uy!). Yo no lo vi, pero lo vi. Así que, restregándome los ojos y sonándome la nariz, puedo escribir lo siguiente (un verso que jamás incluiré en ninguna de las canciones que les propongo a las artistas de pop): «Una catedral de sangre y palabra tenías dentro del corazón».

Lo que sí les decía a mis amigos homosexuales de sexo masculino, mas no varones (la palabrita «gay» me cabrea), es que no entiendo cómo podían perderse del placer más grande que hay en la tierra: estar con una mujer. Una mujer, claro está, dispuesta, libre y sin complejos. Una mujer enamorada, o una mujer que por lo menos crea que lo está (eso también vale, qué se le va a hacer, ni modo). Ellos, por el contrario, me respondían que me liberara, que hiciera uso de la sensibilidad (y las bondades) de esa bendita glándula llamada próstata, que yo era el que no sabía de lo que se estaba perdiendo y que, además (esto seguro se lo había dicho el profe Moreno), había estudios que decían que los mujeriegos terminaban hastiándose de las mujeres y que al final no les quedaba más remedio que aflojar el tercer ojo —el profe Moreno por supuesto que no había dicho: «Aflojar el tercer ojo», sino algo más bien como: «Explorar caminos homoeróticos y entregarse a la herencia de Sodoma»—). «Y tú, ¿qué les ves a las mujeres? ¡Yiak!, asco esos fluidos, eso huele a pescao, m'hijito, uy», decía uno (una). Otro (otra) le contestaba con voz de casi macho: «Hey, tú, marica, respeta, que tú saliste de una mujer, oíste». «Ok, ok, ok, mani, ta bien, no te me sulfures y conserva el glamurrrr, glamurerererere, ante todo, plissszzza. Retomando contigo, mi querido compositor, ¿cómo sabes que no te gusta si no pruebas? Ande, amigo, sea "libre como el viento", como dice una canción que un guapito escribió por ahí». «Moriré sin saberlo —les decía—, primero se sientan en este (y les enseñaba mi dedo anular) y dan tres vueltas». «Ay, por supuesto, nosotras con gusto, a ver, muéstranos el dedo de nuevo, ¡ayyyyy, madre santa!, si de ese largo tiene el dedo no quiero ni saber cómo tiene lo de abajo, ay, ay, ay, me desmayo, me desmayo»; y la carcajada y el cacareo era general y estruendoso y luego uno (una) de ellos (ellas) remataba: «Ay, m'hijita, no pierdas el tiempo, este machote no da ni se deja dar, qué va, insalvable, una lástima, con lo bueno que está». Yo brindaba por ello y luego le decía al cantinero que les pusiera una ronda, que invitaba yo. Acto seguido, para tristeza de los mariflores, desaparecía y nunca más volvía; me iba a otra cantina a los pocos días. No dejaba rastro, ni huellas. Solo, tal vez, la canción *Libre como el viento*, que está en el traganíquel y que las locas escucharían por las próximas semanas.

No pensaba ponerme en esta verga, pero, por presión de grupo, la presión de un grupo de cervezas que tengo en la refri y que me han hecho escuchar sus voces portentosas, lupulosas y levadurosas —ay, mi panza crece, querido Jim, si me vieras—; es decir, no por *peer pressure*, sino por *beer pressure*, voy a narrar —si es que puedo, así de borracho como estoy— lo que ocurrió en el entierro del profesor Luigi Moreno hace ya siglos y milenios (un instante, es decir). Aquí voy: bajo un sol arrechísimo, tras varios eructos de mi parte y una total ausencia de lágrimas y llanto de parte de los presentes, salimos de la casa de velación rumbo al cementerio. «Los presentes». «Salimos». A ver, traducción: íbamos detrás de la carroza fúnebre los siguientes personajes: la testigo de Jehová que había encontrado al profesor Luigi Moreno más muerto que la picha de un esposo fiel, el subdirector de la Escuela Nacional de Antropología (el director, por supuesto, no había podido asistir por estar «ocupado» en misiones pseudoacadémicas de mayor importancia), los dos doctores gringos que trataron de salvarle la vida al profe (así es, iban los doctores —y gringos, pa acabá de jodé—, cagada, pero qué chucha), los maricones de la cantina (que eran tres —número mágico y novelesco a lo Dumas—) y yo. Ocho personas. Ya. Listo. Kaput. Sanseacabó. Santaspascuas. Más naiden, mi compa. Yo, si bien agradecía la ausencia de ciertos indeseables (como primito José —el doctor asesino— y su esposa, la chilena bienhechora de perros y gatos callejeros y pinochetista trasnochada —lamentaba, eso sí, que ni la gorda poetisa ni la checa estuvieran—), era incapaz de determinar si la escasa presencia de personas en el enterramiento me deprimía, o si, por el contrario, me enorgullecía ser parte de un pequeño y exclusivo club de individuos más o menos conscientes de la importancia del muerto. Me dividía entre estas dos ideas: 1. Salir a la calle y convocar a los transeúntes y conductores: interrumpir sus asuntos, detener sus idas y venidas, sacarlos de sus carros, entrar en las casas, los negocios y oficinas, decirles a los moradores del pueblo que suspendieran sus labores y ociosidades para que se unieran a la enterración del profe (que no fueran mezquinos, tan poca madre, o sea que no fueran tan hijos de la gran puta, o sea que se dejaran de ahuevazones; ¡carajo!, que se había muerto un grande, un genio, un maricón ilustre). 2. Mandar al carajo a la testigo de Jehová, a los doctores gringos —sobre todo a ellos—, al subdirector de la Escuela Nacional de Antropología y a los maricones de la cantina, para quedarme yo solito acompañando al profe a su última morada. Por supuesto —está más claro que la cerveza *pale ale*— que no hice ni una cosa ni la otra; me limité a beberme poco a poco las birras que me había llevado conmigo en una mochila para contrarrestar el calor cabrón que hacía. ¿Y Carmencita? Sí, Carmencita: como los que esperan a Godot, este güevonauta que les habla esperaba a que la Carmencita apareciera en cualquier momento y que se tambaleara junto a mí, llorando —de vez en cuando tirando un pasito para allá / un pasito para acá—, gorréandome (¿cómo se dice en México?) las cervezas y eructando, hasta llegar al cementerio. Pero Carmencita no aparecía. En fin, que íbamos caminando a paso de tortuga bajo la arrechura del sol, escuchando el ronronear de la máquina de la carroza, el arrastrar de los zapatos y el cuchicheo del pueblo que seguía su ritmo sin poner mucha atención a nuestra marcha; cada uno de nosotros, los deudos, trataba de mostrarse serio y afectado, de guardar un silencio respetuoso y comedido ante las circunstancias; pero, qué va, no podíamos, los únicos que lo lograban eran —cáguense— los doctores gringos, pero más por cultura que por respeto o buena fe. («¿Buena fe?, ¿un gringo? Nunca», decía el profe Luigi. Podría jurar que escuchaba su cadáver que me decía desde el cajón: «Esos doctores gringos algo traman, algo conspiran, se quieren asegurar de que esté bien muertito, más muerto que los miles de civiles que mataron en la Invasión». «Pero si estos doctorcitos eran apenas unos niños cuando ocurrió la invasión, profe», dije en mi imaginación. «Son hijos de generales, hijos de soldados, hijos del imperio», remató el profe muerto). Pero, en fin, los doctores gringos: callados y bien portados. En lo que respecta al resto de nosotros, la testigo de Jehová cantaba alabanzas que mi abuela hubiese desaprobado por ser de «la otra religión», aunque a ella misma, en el fondo, no le importaba ninguna religión de mierda; por otro lado, el subdirector de la Escuela Nacional de Antropología contestaba llamadas en su celular, decía que en ese momento no podía hablar —pero igual se quedaba hablando algunos segundos—, miraba a los doctores gringos y me miraba a mí y, con una sonrisa nerviosa, colgaba; luego sacaba de su bolsillo el papel en el que estaba escrita la resolución que leería momentos antes de que se metiese el ataúd en la tierra y se ponía a susurrarla; los maricones de la cantina discutían, como siempre, animosamente, o sea mariconamente; venían con el zaperoco de que si para los próximos carnavales debían diseñar y construir un carro alegórico en honor al profe (manoteaban en el aire, pelaban los ojos; uno asentía, otro negaba, el otro se ponía los puños sobre la cintura; abrían la boca exageradamente, como diciendo: «No seas tan ridícula, ¡cómo se te ocurre!»; se daban nalgadas desaprobatorias, se jalaban las greñas; «Ya compórtate, perra», decía uno, y otro respondía: «Compórtate tú, zorra inmunda, mira cómo has venido vestida, qué exagerá». «Ay, mani, antes muerta que sencilla»; lo decían todo sin perder el ritmo y sin alejarse mucho de la carroza al tiempo que se goloseaban con la mirada a los doctores gringos y se burlaban de las fachas de la testigo de Jehová: «¡Oiga el animal pa feo, ve!, ¡Sus alabao!»). ¿Y yo? Bueno, yo, aparte de que cada vez que sacaba una lata de cerveza de la mochila, la abría y hacía «psssssss», y que luego, al terminármela, la achurraba («croch», «crach», «cruch») para meterla en otro compartimento de la mochila (para no ensuciar; antes borracho que cochino), tengo que confesar que hablaba a todo galillo ya no solo con el fantasma de mi prima Lola, sino que —tal vez por la cercanía de la muerte— hablaba también con el fantasma de mi culito Esmeralda y con el de mi abuela, que venían a mi lado, y que, si lo pensamos bien y nos dejamos de prejuicios, también formaban parte de los deudos; así que éramos once en total a los que no nos valía del todo verga la muerte del profe. Once. Once entidades: ocho de carne y hueso; y tres de recuerdo y dolor. O a lo mejor éramos muchos más, pues sepa el Diablo los fantasmas que acompañaban a la testigo de Jehová, a los doctores gringos, al subdirector de la Escuela Nacional de Antropología, a los maricones de la cantina. Y entonces, con ese pensamiento rondándome la chonta, y de nuevo debatiéndome entre la tristeza y el orgullo, me decidí (me decanté) por la tristeza, la tristeza de que fuéramos tan pocos los que acompañáramos al profe, y empecé a imaginar que, a medida que avanzábamos y nos alejábamos del centro del pueblo para dirigirnos a las afueras, en donde estaba el cementerio (una caminata, a esa velocidad de muerto —je, je—, de una media hora), mientras el sol nos daba latigazos en la espalda, se iban uniendo a la marcha gentes de la más diversa procedencia. En mi imaginación borracha se sumaban al recorrido que hacíamos detrás de la carroza: bomberos, policías de tránsito, vendedores de billetes de lotería clandestinos, músicos callejeros (cuya música imaginaba melancólica y a pesar de ello alegre), un panadero (que no dudó en cerrar la panadería y empezar a repartir pan, queso blanco y café entre los deudos), la dueña de una tintorería (que, de haberlo sabido antes, hubiese confeccionado el traje para el cadáver del profe), un zapatero, zapatero remendón (que, de haberlo sabido antes, ídem, pero con los zapatos), un fotógrafo (quien se ofreció a tomar fotos), algunos estudiantes que se habían paveado de las clases (eran las once de la mañana y el sol picaba, mordía, golpeaba, aruñaba; estaba como loco el puto sol), estudiantes que —deliraba yo— decidirían estudiar antropología, inspirados en los saberes que el profe Luigi Moreno les había heredado; se sumaron unos buhoneros que además aprovecharon para venderles a los maricones pulseras, kits de maquillaje, perfumes y artículos de belleza en general, entre otras chucherías de dudosa calidad y valor; en fin, que al momento de trasponer la entrada del cementerio, detrás de la carroza yo veía —orgulloso, pechón, al borde de las lágrimas— una cantidad ingente de gente prominente y sobresaliente y decente, pero igualmente indecente y poco inocente, más bien concupiscente y repelente y sin embargo y ante todo sobreviviente; porque yo había imaginado también piedreros, mujeres del buen vivir y políticos hipócritas, aunque ya estuviera el subdirector de la Escuela Nacional de Antropología, quien cumplía funciones burocráticas, o sea funciones de farsa; e imaginaba yo que todos habían conocido al profesor Luigi Moreno cuando estaba vivito y coleando e insultando a los gringos con toda su alma de pan de dulce, y que comentábamos y nos reíamos de las ocurrencias del profe, y que cada uno tenía una anécdota que contar y que el entierro duraba toda la tarde hasta caída la noche. Sin embargo, no imaginé a Carmencita, no quise imaginarla, y allí estaba yo, esperándola, y nada que aparecía nuestra Godota borracha. Al fin, después de una caminata que ya nos parecía a todos interminable, luego de que los maricones de la cantina, los doctores gringos y yo sacamos el ataúd de la carroza y lo cargamos —el subdirector de la Escuela Nacional de Antropología, quien era un hombre cincuentón y regordete que, aunque todavía saludable, se veía que de a malitas podía levantarse la picha para mear, se apartó y puso cara de «eso no es conmigo»—, llegamos por fin a donde estaba la fosa que habían cavado los sepultureros, que estaban sudados y exhaustos y a los que les arrojé sendas cervezas que bebieron ni cortos ni perezosos y agradecidos aunque ya no estuvieran frías. Bajamos el cajón y lo pusimos junto al hoyo negro. Hubo un silencio que no me atrevería a juzgar como incómodo, sino más bien como necesario, pues todos estábamos cogidos del calor hijo de su culo, con la lengua afuera y traspirando como motherfuckers (ay, profe, ya, oquéi); los doctores gringos estaban rojos como camarones; bueno, uno de ellos, porque el otro era negro o, como les gusta llamarse a ellos mismos, «afroamericano» (no lo había mencionado hasta ahora porque no me había parecido importante); y, bueno, la cosa es que los de piel oscura, los de color, los de verga grande —según las lenguas y los anos— no se ponen rojos con el sol (todavía recuerdo la vez que en la cantina un soldado negro del army de Estados Unidos me preguntó si él, pese a ser negro, era, por igual, tachado de gringo; yo le sonreí con ternura y le escupí la verdad en la cara: «Por supuesto que lo eres»; luego me bebí una cerveza y le hice una pregunta retórica que hubiese enorgullecido al profe Luigi Moreno: «¿A cuántos negros chorrilleros —compatriotas míos— habrán matado los soldados gringos negros —compatriotas tuyos— que vinieron a tirar bala aquí en la Invasión, la llamada "Causa Justa"?»; y sin darle tiempo a responder, finalicé: «No me respondas, no sabes. Yo tampoco sé. Nadie lo sabe. Nadie lo sabrá nunca. Pero, tranquilo y bajo hielo. Muhammad Ali es el mejor»). El calor se ponía más jueputa y, sin que tuviera nada que ver, pensé: «A la verga los pastores»; ya se me habían acabado las cervezas y el sol estaba arrechísimo (iba a ser mediodía) y el silencio comenzaba a extenderse demasiado, por lo cual el tumulto de desconocidos soñados por mí empezó a carraspear y a murmurar exasperado, como si no solo mis fantasmas y yo estuviéramos esperando a que llegara Carmencita a coronar el calor y las moscas en el día —de— muerto y —lleno— de luz. Por fin me atreví yo a decir unas palabras, palabras de borracho e hijo adoptivo, y dije que si el profesor esto y lo otro, que si era una eminencia a pesar de su cueconería de maricón virgen y cándido, o más bien gracias a ella, y que, si bien le agradecía enormemente sus consejos, sus enseñanzas sobre lenguaje y antropología, por lo que más le daba las gracias era por la checa deliciosa que tuve en gracia de saborear —¡gracias!—, y ya se me acabaron las palabras así de rápido y precozmente, justo como los polvos de pinga ebria —floja y holgazana— que le eché a la checa, por lo cual luego me puse a cantar una de las canciones que le había compuesto a alguna artista internacional (¿a la Trevi?, ¿a la Rubio?, ¿a la Bosé?, ¿a la Ricky Martin?) y, aunque yo soñaba —dizque— despierto que el gentío que había imaginado que había venido a rendirle un último homenaje al profesor Luigi me aplaudía y coreaba conmigo, el fantasma de mi prima Lola me susurró al oído que dejara de cantar semejante cagada de canción, y me quedé callado, no porque le hubiese hecho caso ipso facto a mi prima, sino porque, aunque siempre he sido un borracho machote que aguanta palo (¡uy!), el sol me había mareando y me estaban entrando ganas de vomitar y de tirarme cabeza por delante en la fosa donde depositarían al profe; aunque —la verdad sea dicha siempre— también me callé la jeta porque el subdirector de la Escuela Nacional de Antropología estaba desesperado por leer la resolución, ya que tenía que irse a otro asunto —lo que tenía era hambre—. El hombre leyó, así, los resuelve y las lamentaciones y las mamaderas de huevo y fundillo. Al terminar con el panegírico tardío, y ya cuando los sepultureros se disponían a bajar el cajón para depositarlo en el estómago de la tierra, uno de los doctores gringos pidió la palabra —el blanco, creo; o el negro; no sé; que, total, da lo mismo— y, después de presentarse (había sido él uno de los doctores que había intentado salvar la vida del ahora difunto, aclaró con una humildad que yo decidí, en honor al profe, interpretar como soberbia), contó en voz alta —en un español bastante machacado, tan machacado que por un momento pensé que provocaría que el profesor Luigi se saliera del cajón y le diera una par de merecidos soplamocos y tatequietos—, contó el doctor gringo en voz alta —decía— que, al llegar a su casa, en un arranque bastante inusual, había llamado por teléfono a su padre, que era antropólogo y que vivía en Estados Unidos —«de América», juraría que dijo—, y le había dicho el nombre de la persona cuya vida no había logrado salvar (cosa rara, pues nunca le hablaba a nadie de los sucesos que ocurrían en el hospital, aclaró el doctor gringo), y que su padre, al escuchar el nombre del recién fallecido, se había exaltado y contestado, emocionado y afligido, que no podía ser posible, que los textos e investigaciones del profesor Luigi Moreno habían sido ampliamente traducidos al inglés y que su trabajo era muy discutido y tomado en cuenta en varias universidades a lo largo y ancho de Estados Unidos (de América) —detalles que, al venirse él, el doctor, a trabajar a estos parajes, no le había mencionado, 1., porque no pensaba que a él (su hijo) le importase demasiado, y, 2., porque él mismo (el padre) no recordaba a ciencia cierta de qué país era el profesor Luigi Moreno, o si había muerto ya— y que por lo tanto, lamentaba su muerte. «Son calumnias —escuchaba yo que gritaba el cadáver del profesor desde el cajón—, a mí me han traducido al italiano, al checo, al brasileño, al argentino, al chileno, al boliviano, al francés, al ruso, al polaco; pero jamás, ex profeso, al inglés; nunca». Bueno, la cosa es que el doctor gringo contó esto y luego se apartó como para que alguien más hablara, pero nadie lo hizo, sino que sopló un vientecito desnutrido que rápidamente los rayos del sol aniquilaron sin piedad. Ya eran pasadas las doce del mediodía. El sol seguía castigando. Los sepultureros depositaron el cajón del profe en la fosa e inmediatamente empezaron las paladas, el tras tras tras de la tierra sobre el ataúd, ese tras tras tras del que habla en un poema el mexicano Sabines; y yo escuchaba el tras tras tras y recordaba los entierros de Esmeralda, de mi prima Lola y de mi abuela, y a pesar de que tras cada «tras» los fantasmas de las tres me susurraban: «Aquí estamos junto a ti, no estamos allí abajo en la tierra y los gusanos», yo me lamentaba de haber traído tan pocas cervezas, puesto que el gentío que había yo imaginado había desaparecido de mi mente y ahora solo estaban los maricones, la testigo de Jehová y los gringos (el subdirector de la Escuela Nacional de Antropología ni siquiera había escuchado las palabras del doctor gringo —o sería que también había imaginado al subdirector desde el principio—), y ya me había resignado yo a que no apareciera la Carmencita cuando de repente veo a la testigo de Jehová poner cara de asco y escucho a los maricones de la cantina aplaudir (¿o pusieron el grito en el cielo?), pues allá venía la Carmencita con su cuerpo flaco (enjuto) y viejo y trastabillado, cubierto por un vestido de novia, que antes fuera blanco, ahora sucio, manchado, rasgado y maltrecho aquí y allá, tan maltrecho como ella; se veía pequeñita como siempre, pero grande y hembra y amazona y hasta diría que sobria; Carmencita venía caminando (casi flotando) por las veredas entre las tumbas del cementerio, juraría que con los ojos cerrados, con unas flores rojas entre las manos colocadas frente al pecho. Al llegar frente a la tumba del profesor Luigi Moreno, que ya los sepultureros casi terminaban, nos soslayó por completo; esperó a que los sepultureros concluyeran la faena y luego colocó las flores rojas sobre el montoncito de tierra que vino a ser la tumba sin cruz del profesor Luigi Moreno. Allí se quedó Carmencita, ataviada en ese blanco mugroso, callada, inmóvil, cabizbaja, serena. Digna. Los doctores gringos ya se habían retirado, no sé si por decencia o si porque les había repelido la aparición fantasmal de la Carmencita/novia, o si porque insípida, simple y gringamente intuían que no encajaban entre tanta vaina rara y tanto tercermundismo rancio. Luego se fue la testigo de Jehová, cansada, agotada, exhausta por haber tenido que tolerar la presencia de los maricones de la cantina durante todo el trayecto; se retiró lentamente, con el semblante pálido, muda, con cara de no poder cantar alabanzas más nunca (o eso quería yo, la verdad; que no pudiese cantar alabanzas en lo que le quedaba de vida). Lo cierto (¿de verdad?) es que solo quedábamos los maricones y yo (los sepultureros se habían ido a recoger hojas y limpiar otras tumbas; a propósito de que su actitud ante la aparición de Carmencita fue nanai; como si todos los días se aparecieran viejitas vestidas de novia a despedir a sus amantes); pero al final los maricones, un tanto desesperados por la inmovilidad de Carmencita (ellos lo que querían era que se formara algún jolgorio) se fueron sin decir adiós, y quedé solo yo —solo yo / solo yo / solo yo; solo yo con mis fantasmas—, y entonces fue cuando Carmencita dio dos pasos al frente y se trepó al montoncito de tierra y se puso a bailar no borrachamente, pero sí suavemente, como nunca antes, como nunca con nadie, como si estuviese bailando un vals tan querido y tan deseado, el vals que le permitiría perdonar y morirse de una vez por todas, llena de carnes y nueva y ya no sola.

Y ya, eso fue todo. Carmencita se fue sin decir nada, sin voltear atrás. Se fue del cementerio y ya nunca la vi más. Pero no desapareció del pueblo, como hubiese sido lo más novelesco (y decoroso), sino que siguió bebiendo y bailando, tal vez —quizás— con un aire fresco de libertad y perdón; pero, lo mismo: borrachita del pueblo. Sus ojos brillaban, sin embargo, lo juro. Una catedral de sangre y palabra llevaba dentro del corazón, la Carmencita. Así que allí me quedé frente a la tumba sola del profesor Luigi hasta que se fuera el sol, sin cervezas, pero junto a mis fantasmas (Esmeralda, Lola, mi abuela —el profe aún no se incorporaba a la legión fantasmal, a menos que fuera en sueños—). Cuando ya el firmamento se puso rojo-sangre, cuando se puso rojo-puta, decidí irme. No le dije adiós al profe (sabía que su fantasma empezaría a seguirme y que me hablaría en cualquier momento; solo era cuestión de dejar pasar unos días). Cuando crucé el portón del cementerio, escuché un trío de voces femeninas que me recordó a las mujeres que cantan esa canción de Pink Floyd llamada *The Great Gig in the Sky*. Y ya, me fui caminando hasta mi casa sin mirar atrás, como Carmencita. Estaba abastecido: en la refri había más cerveza. Bebí entonces. Y bebo ahora. Y no paro. Quiero mantenerme la juma vivita mientras escribo. Pienso en el entierro. Y no lo creo. No lo creo. Todo podría haber sido un sueño de borracho si no fuese porque entre el gentío que imaginé había un fotógrafo, y el fotógrafo de porquería documentó todo. Aquí tengo las fotos conmigo ahora. Aquí salgo yo llorando, aquí sale Carmencita bailando.

Aquí la mancha negra de la muerte
que se ríe de todos nosotros
una
vez
más.

Aquí es donde les cuento, loco y tembloroso, sobre la implosión y posterior desaparición de la checa. Y ya nunca más. Ya nunca más porque quiero beber y esta sobriedad me está matando y me hacer caer en la poesía que, ya lo he dicho y lo seguiré diciendo si es necesario, me arruinará la vida. Ya nunca más. (¿Cómo se dice «ya nunca más» en checo? Tengo que averiguar, sí o sí, cómo se dice «ya nunca más» en ese idioma que nunca fue de Kafka).

Volvimos la checa y yo del festival de cine, sí, con las canciones de Ricardo Arjona sonando a todo mejengue. Estuve a punto de estrellar el carro contra un árbol, o de hacerlo precipitarse por los barrancos de Loma Campana. Pero aguanté porque me esperaban las cantinas en el pueblo y porque, debo confesarlo, quería contarle todo al profesor Luigi Moreno y verle la cara de cabreo cuando le dijera, como ya le había dicho muchas veces, que la checa estaba más buena que el pan de la Arena y que gracias por traerla al pueblo. La visión de la herida en la rodilla de la checa también influyó en que yo no me mandara loma abajo a lo perro. La herida de la checa me devolvía a la sangre y a la vida.

No digo toda la verdad.

No accidenté el carro por dos cosas que me dijo Lola al oído.

Una: «Todavía no es hora. Yo te diré cuándo».

La otra: «Tus canciones son tan malas como las de Arjona».

Llegamos al pueblo a salvo. Y nos metimos al cuarto con tragaluz. Yo no fui a mi casa en ¿una, dos, tres semanas? La checa y yo nos quedamos encerrados sin bañarnos esa misma cantidad de tiempo indefinido. Y sudábamos y olíamos a mochileros. Felicidad. Felicidad y pelos. Yo no me rasuraba y la checa tampoco. Y una de esas mañanas amanece la checa diciendo que me quería pintar. Que me pintaría manco, con una guitarra en las piernas, pero sin brazos. Que lo haría. Lo hizo. Los buitres llegaron y yo desnudo, posando como manso marica.

«Mi abuelo», dijo la checa al terminar la pintura, «me decía cosas como esta: "Cuando el bebé asoma la nariz al nacer, en ella, justo en la punta, si uno observa bien, se puede leer la fecha en que morirá; venimos, nieta mía, con la fecha de nuestra muerte marcada en la nariz". Era un hombre sabio mi abuelo».

Una mañana abrí los ojos y la pintora me observaba la punta de la nariz.

En la tarde salimos del centro del pueblo y nos internamos en el campo. Cruzamos potreros y sembradíos. El sol brillaba y castigaba. Había brisa. Suerte. La cascá (el sinsonte, ignorantes de mierda) cantaba. El tiempo se detenía. Olía a mango. La vida era dulce como un mango. Si le hubiéramos hincado el diente, la vida habría chorreado como un mango. No queríamos irnos de allí. No queríamos que anocheciera. A lo mejor a la checa le daba igual, pero hablo de «nosotros» porque, ya se sabe, estoy buenisano y el yo se me disminuye patéticamente. «¡A la mierda, a la mierda!», grité. La checa, ni puto caso. Y pensé: «La cascá seguirá cantando, aunque nos vayamos y la noche caiga y ya no huela a mango. La cascá seguirá cantando». Impresionante. Verán: a Lola, a mi abuela, al profesor Luigi Moreno y hasta al borracho de mi padre, la cascá los hipnotizaba. La checa, ni puto caso.

De regreso, nos encontramos a un perro. No tenía collar. No olía a mango, sino a abandono y humedad. Pulgas. Garrapatas. Un perro sin dueño, es decir un perro feliz. Hay que imaginarse que el perro era feliz. «Y ustedes tan humanos y cobardes», parecía decirnos el perro mientras lamía la herida en la rodilla de la checa. (Un acordeonista en las noches de Praga, buscando pan, buscando la vida, tal vez el tiempo, buscando inútilmente algo de lo que arrepentirse, algún crimen durante la guerra. Pero nada. «No te había contado que mi abuelo era músico callejero», me dijo la checa). Ella no dudó en tomar al perro entre los brazos y llevarlo con nosotros. «Ese perro se morirá pronto», le dije esperando que se enojara. Pero no se enojó. Solo me dijo sin mirarme y acariciando al perro con ternura: «Lo sé, por eso lo recogí, los buitres necesitan comer». La cascá seguía cantando. (Kafka y cascá: apenas separados por un sonido y un acento; tal vez unidos por un mismo canto).

Los buitres no dejaron, qué verga, que el cadáver del perro se hinchara e hiciera implosión, como es natural. El festín. *A feast of friends*, recita Jim Mamífero. La checa, en cambio, hizo «puf» por dentro y se fue pudriendo bajo el sol del trópico, como era debido, con todo y herida en la rodilla. Tal vez, si no estuviera tan sobrio y lírico, diría simplemente que la checa un día se hastió del calor, de los mangos y de que el profesor Luigi Moreno intentara hablarle en checo, y se esfumó, peluda y hedionda a grajo. Me dejó la pintura. La conservé un tiempo y luego la quemé en el patio trasero de la casa, en donde mi abuela había sembrado plátanos alguna vez.

Los buitres siguieron posándose en el tragaluz por un tiempo. Allí se bañaban de sol, quietos e indiferentes.

Al fondo, el canto de la cascá.

«*Už nikdy*. Así se dice "ya nunca más" en checo», me dijo el fantasma del profesor Luigi Moreno, todavía un poco contrariado, pero en el fondo contento de que todo estuviera por concluir.

«*Už nikdy* dejo de beber», dije con botella de cerveza en mano.

Yo no estaba triste, porque —al igual que ella lo había hecho conmigo— yo había mirado la punta de la nariz de la checa cuando dormía. Con eso me bastaba.

# IX

Y ya no tengo más nada que decir; salvo que, según el fantasma de Lola, ya se acerca el momento (mi hígado pulsa y late); y que siguieron las demandas por plagio, no solo de De Pedro, sino de muchos otros músicos del mundo mundial que no mencionaré aquí por cuestiones de principios (no se merecen publicidad, ni siquiera mala).

Perdí todas las demandas.

Se acabaron las regalías.

Yo ni siquiera las peleé. El chilango de la industria musical mexicana despareció con todo y hermana chilanga. Yo desaparecí. Aunque aquí estoy. Siempre sé dónde estoy. No tengo muy clara la concatenación (vaya palabrita) de los sucesos, pero, por ejemplo, tan pronto Esmeralda murió, dejé de escribir columnas. Por un tiempo y hasta hoy viví de un dinerito que me dejó el profesor Luigi Moreno al morir. «Se lo comía —decía la gente del pueblo—, el muchachote le daba por el chiquitón al profe; por eso le pasó platita, como agradecimiento por abrirle las tapas de la nalga y dejárselo ir hasta el fondo de vez en cuando; es un sacabarro, el primito de la Lola». Yo me reía. Disfrutaba el bochinche.

De cualquier manera, el dinero, obvio, se ha agotado. Me lo he tirado al culo. Me saqué barro a mí mismo, al final. Si hubiera tenido un hijo, si hubiese tenido a mi monstruo, le habría dado el dinero a él. O nos lo hubiéramos gastado en pizza y hubiéramos hablado mucho mucho mucho y luego el silencio. Pero nunca tuve a mi monstruo. Tantas veces que enterré la verga en cuanto hueco tuve la oportunidad —y a rejo limpio— y nada. Además de poca fe, hombre de poca leche.

Estoy solo. Estar solo es estar bien, máxime cuando se tiene un buen equipo de sonido, en donde puedo escuchar las canciones y poemas de mi Jim «Mamífero» Morrison, cuyo único defecto fue ser gringo —le hago un guiño al fantasma del profe Luigi Moreno— y a Jeff Buckley, que no era tan enjuto como lo era Foncho, pero que al fin y al cabo era un roquerito escuálido, pero cuya voz me espeluca hasta los pelos de mi hoyo negro.

# X

Ha pasado un tiempo. Como ya se podrá intuir, no sé cuánto habrá pasado. Vivo en mi propia Portentolandia de matemáticas relativas y el tiempo es una cosa que se estira y se encoge como goma de mascar, que se hincha y se desinfla, como antes solía hacerlo mi panza, que ya no se desinfla y que parece al borde del estallido.

He vivido y sobrevivido (creo, supongo) de la bondad anónima de alguna gente del pueblo. No sé quiénes serán. Serán los mismos que hablan pestes de mí. El caso es que (aunque esté de Ripley) de un tiempo a esta parte me han estado llegando unos sobrecitos de dinero sin remitente que alguien desliza por debajo de la puerta de la casa y que no guardan relación alguna con el dinero que me dejó el profe, que me gasté hace muchas galaxias.

A veces pienso que no es nadie del pueblo, sino la checa; luego descarto la idea por razones que incluyen buitres y perros muertos, y entonces sospecho de la gorda poeta, que a lo mejor no reventó de tristeza, porque después de todo no es una poetisa que se respete (aunque la gorda está más limpia que el culito de Niño Dios y... coño: misterio). Me pregunto: «¿Foncho?». Ni cuándo, sepa el Todopoderoso de Los Enjutos en qué avatares andará por las montañas de México, a qué transformaciones se estará entregando para sacarse el sebo que la gorda poeta le dejó entre las piernas; cuántos poemas con la palabra «enjuto» no estará escribiendo Foncho, el *Mexican*. ¿Los maricones de la cantina aquella me mandan esta limosna? Improbable, tan flechados no quedaron, y, además, esos ya deben de estar con el culo hecho una lechuga mojada y estarán pensando en qué asilo han de morirse, solos, abandonados, con la hemorroide hirviéndoles a flor de ano y casi poetas (no todos tienen la suerte de tener una abuela que les deje una casa donde estirar la pata y pudrirse en la santa paz). ¿La que me trae el dinero será la argentina o uruguaya que al final resultó ser chilena? No, esa cabrona animalista y pinochetista no se quería ni a sí misma y sería incapaz de mandar dinero desde cualquier país en el que haya decidido residir después de que les dio la patada a mi «primo José» (entre comillas) y a estas tierras de mierda.

Si la historia que cuento fuera pura literatura y no un recuento real de mi miserable y sin embargo hermosa y descarada vida, y quisiera valerme de un final efectista y sorpresivo y no obstante fácilmente vislumbrado por cualquier lector medio perspicaz, diría que:

1. El dinero me lo hace llegar José. Lo sé porque una noche dizque lo sorprendo, desde la oscuridad de mi sala, pasando el sobre por la puerta, entre orgulloso y resignado, con cara de «primero es el deber», con ojos tristes que dizque dicen: «Porque, después de todo, sí fue mi culpa que se muriera la abuela»; y que luego dizque se mete de vuelta a su camioneta de lujo y, antes de hundir el acelerador, mira unos segundos a la puerta de mi casa, aprieta el volante y llora, llora como un niño.

2. El dinero me lo pasa mi padre. El viejo dizque ya es un anciano recuperado de su vicio del alcohol y dizque viene cada noche en un carro cuyo chofer es una mujer (podría ser la madre de Jeff Buckley la que conduce, para más vericuetos y más, digamos, enredos a lo novelista trasnochado) y que dizque es ella la que se baja del carro e introduce por la ranura de la puerta el sobre lleno de dinero, mientras mi padre mira dizque con ojos de sobrio anémico la fachada de una casa que alguna vez conoció y en la que saboreó las chorizas hechas por mi abuela antes de que se fuera todo al puto carajo.

3. El dinero me lo trae Lola. De cuando en vez —como dice una canción horrible del Arjonita—, cuando me pongo a cantar mi canción *El cangrejo*, es Lola, la muerta, la que se sale de su tumba, toda llena de tierra y gusanos que se le asoman por los orificios de la nariz y las orejas (de su vagina seca salen tenazas de crustáceo). Lola cruza la noche ya un poco menos carne podrida y un poco más espectro, traspasa las puertas de hierro de las cantinas cerradas, vacía el contenido de las cajas registradoras, lo vierte en el sobre que ella misma ha materializado en el aire como hechicera

experta, y finalmente le da un soplo para que el viento lo acoja en sus brazos y lo haga llegar hasta mi puerta.

Y, aunque no hay cómo negar que este tercer desenlace es poético y bonito, y pese a que se me podrían ocurrir cuatro o cinco soluciones más que incluyan, por ejemplo, a mi abuela o a Esmeralda, harto literarias todas, el caso es que ya está bueno: esto no es un cuento de niños de taller literario —afortunadamente—. Es la vida, cruda y bella (¿dije «bella»?) y valevergosa. Así que noup. Ni José el primo cachón, ni mi padre borracho, ni el fantasma de Lola que de repente aparece de la nada —ni nada más—. El sobre con dinero ha estado apareciendo y sanseacabó.

Ahora siento un dolor. ¿En el hígado? Finalmente he reventado en nombre de todos mis muertos.

Ya era hora.